JN081662

ダメスキルが覚醒した皇子、
王位争いで大逆転!?
愛内なの
Nano Aiuchi
illust: 100円ロッカー
KiNG novels

勝利を目指すお嬢様
ベネノ
継承権四位の王女
クリシス

クールな万能メイド
イサーラ

『あふっ、ん、はぁっ……♥　カダル様、んはぁっ……』
イサーラは嬌声をあげながら、腰を振っていく。
背中をのけぞらせるように腰を振るその姿。
ピストンにあわせ、彼女の大きな胸が大きく揺れた。
『あっ、ん、はぁっ……♥　ん、くぅっ……』
普段は落ち着いた雰囲気の彼女が乱れる姿は、とても興奮する。
『あふっ、ん、はぁ……♥』
エロい光景を見上げながら、俺も快感に身を任せていった。

ダメスキルが覚醒した皇子、王位争いで大逆転!?

愛内なの
illust：100円ロッカー

KiNG novels

ダメスキルが覚醒した皇子、王位争いで大逆転!?

contents

プロローグ　有能メイドとダメ皇子

かつてこのガイラーグ大陸は、３つの国家に分かれていた。

プラーノ王国。ファイルーズ共和国。そして、ラカファ帝国。

その三つ巴の状態の中で、最終的に統一を成し遂げたラカファ帝国は、その後１００年もの間、ガイラーグ大陸を支配し続けた。

そうして、しばらくは平和な時が続き、そこに暮らす人々は平穏な日々を過ごして現在に至る。

だがその平和も、あることをきっかけに激変してしまった。

それが、王の急逝による王位継承権争いだった。

ラカファ帝国の帝王であった俺の父は、その日までとても元気だったようだ。

特に精力のほうは旺盛で、俺に兄弟姉妹が多いのもそのせいだ。

年齢が八十代後半にもなったというのに、まだ新しい兄弟ができていたのだから、それはもう大変な絶倫帝王だったと言えるだろう。

だが、そんな父も死ぬときはあっさりとしたものだった。

床を共にしていた相手が目覚めたときには、すでに冷たくなっていたというのだから、満足して逝ったのだろう。

名誉のために伏せられたが、実際は行為の最中に亡くなったという話も出ている。

最中でも事後でも大した違いもないので、あながち間違いとも言えないが。

だが、老いてなお盛んであった父は、次代の王を誰にするかを指名していなかった。

そんな状態での突然な逝去（せいきょ）だったので、もちろん国内は混乱した。

そして我こそが、と名乗り出た兄弟姉妹達が、王位を目指して争うことになった。

それでもまだ、俺は誰かがすぐに事態を収拾させるだろうと期待して、のほほんと過ごしていた。

だが、継承争いが本格化してくると、その影響で各地の派閥同士のいざこざや、直接の武力行使や襲撃による争いが激化していった。

まったく……本当に、とんでもなく迷惑な親父だ。


「おはようございます、カダル様」

「おはよう、イサーラ」

朝……といっても、もうずいぶんと太陽が高くなっている時間。俺――カダル・ミ・ラカファは、のっそりとベッドから起きあがった。

「はぁ……。私が言うのも変ですが、もう少し早く起きてもよいと思いますよ？」

「はいはい、わかってるって」

メイドであり幼なじみであるイサーラに呆れられながら、朝食へと向かう。

「……というか、イサーラはなんでそんなに早く起きられるんだ？　そっちのほうが俺には不思議なんだが……」

「私はカダル様のお世話がお仕事ですから。こうしてお世話できる喜びで、どのようなときでも、朝早く起きてしまうのです」

「う〜ん、そんなものかな……」

俺にはあまり理解できないが、イサーラには物心ついた頃から世話になっているし、長年仕えてくれているので、そういう生活習慣になっているのかもしれない。

とても真面目で頼りがいのあるメイドだ。

一方の俺はといえば、ダラダラと一日を自分の好きなように過ごし、食べて寝て排泄するだけのクズだ。

そんな俺でも、最低限の貴族並みの生活ができるのは当然、ラカファ帝国の王位継承権を持っているからだろう。

しかも、俺は王と正妃の間に生まれた息子、つまり直系のひとりだ。

生まれながらに敬われ、上を下にも置かない扱いをされる存在ではある。

だが、残念ながら俺は王族の中でもみそっかす扱いだ。

それは、俺の持つスキルが関係している。

――スキル。

一部の人間は、スキルと呼ばれている、非常に便利な能力を保持している。

人間は平等？　そんなことはない。人は常に誰かと自分を比較して生きているものだ。王族の血を継ぐ俺のように、血統での選別もそうだし、知性、体力、容姿で、どうしたって上下が生まれる。

中でもその影響の大きいものが、スキルだ。

役立つスキルを持つ者は、平民であっても重宝されるし、望めばスキルに相応しい地位を得ることも可能だ。

特に貴族の場合、それが順位を左右していて、より有用なスキルであればあるほど上位に君臨できる。

当然、王位継承についてもその条件は当てはまり、『支配者』として有用なスキルを持っているほど、継承順位は上がる。

しかし、俺の保有するスキル——実体のない幻影を見せることができる——は、支配者向きでないため、継承順位がものすごく低い。

というわけで、幼い頃から辺境の地に送られ、最低限の使用人をつけられて、放置されていた。

まるで老人が余生を過ごしているような日々を送っていたが、そのことに対して不満はないし、自分を不幸だと思ったこともない。

むしろ、そのダメスキルと自分の順位を納得して受け入れ、血縁関係のごたごたや、権力争いに一切関わることなく、のんびりできることを、ありがたいとさえ思っている。

「さーて、今日は何をして過ごそうか……あ、そう言えば裏の畑の果実がそろそろ熟れ頃だったな。

「はあ……別にカダル様が見に行かなくても、よいのですよ？　次期ラカファ帝王になられる方が、そんな農民のような暮らしをしていなくても……」

「いや、それは違うぞ、イサーラ。農民の暮らしを知ってこそ、真に国を思う王というものだろう。まあ、俺はなる気はないけどな」

「カダル様も、もう少し野心があればよろしいのに……。でも、それが良いところだといえば、そうなのですが……」

そう言って、イサーラは苦笑する。

彼女くらいのものだろう。未だに『俺こそが王にふさわしい』と信じて疑わない者は。

他のメイドや従者もこの屋敷にいるが、皆、俺の日々の行動やスキルを知っているので、もう諦めている。

しかし、イサーラだけは俺を信じて、ずっと傍で仕えてくれていた。

そんな彼女の期待に応えたいという気持ちも、ほんの少しだけあるが、今の生活も悪くないので、やはり王位には興味が湧かなかった。

しかし今、国内ではその王位についての話で持ちきりだ。

現帝王の死後、兄弟達による王位継承を巡る争いが本格化してきていて、あちこちで戦争のようなことも起こっているらしい。

王の死後、国葬に向かったが、上位の継承権を持つ兄弟姉妹は皆、ギラギラしていた。

放っておけば、その場で争い始めかねない状態だったので、この事態は当然の流れだろう。

可愛そうなのは、それに巻き込まれる国民だ。

だが、残念ながら俺にはどうしようもない。

それに今のところ、この辺境の地には影響もないし、俺から積極的に関わるつもりもない。

というよりも、こちらから動けるような状況ではない。

戦争ともなれば、兵隊も必要だろうし、軍事費だっている。

だがそんな余裕が、俺の領地にあるわけがない。

支援をしようと後ろ盾になってくれる、他の貴族もいない。

別に兄弟の誰が次期帝王になってもかまわない。

王の後継者として相応しくないと、田舎に押しこめられただけの存在だ。

願わくば、このままそっとしておいてほしいところだ。

きっと王位継承権の20位以内にも入っていない程度の存在。誰にも覚えられていないだろう。


「んんぅっ！　はっ、あっ、んんぅ……んはあぁぁっ♥」

甘い声と共に、艶のある美しい黒髪が踊るように広がる。

彼女――イサーラの匂いを胸いっぱいに吸うと、それだけで頭がくらくらするほどの興奮を覚える。

「んあっ、はんぅ……いかがですか？　私の具合は……んくっ、んんぅ……ちゃんとご奉仕できていますか？　んんぅ……」

俺の腰の上に跨がった格好——騎乗位で、尻を大きく上下させて、ペニスを扱きあげてくる。

「ああ……すごくいい気持ちだよ、イサーラ」

夜になると、こうしていつも俺は彼女に奉仕をしてもらっている。

「カダル、さまぁ……あっ♥　んっ、んっ、あ、は……んっ♥」

頬をほのかに紅潮させ、大胆に腰を振るその姿は、美しくもあり、いやらしくもある。

「く……！　イサーラ、相変わらず、激しいな」

「んっ、んっ♥　あ、はあ……カダル様に悦んでいただくために……あっ、あっ♥」

初めての女であり、そのときからずっとこの関係は続いている。

王族と言っても、俺程度では関係を持ったとしても、うま味はない。

彼女ならば、望めばもっと継承権の高い王族の元でも働くことができるだろうに、そうしなかった。

俺のそばにいることを望んだからだ。それが、自分の人生の他の可能性を全て捨てることになると、理解した上で。

だからこそ、俺は側近の中で最も彼女を信頼してる。

「んあっ、んぁっ、んっ♥　んんぁあっ♥」

踊るように動いていた腰の動きが、少しずつゆっくりになっていく。

「はぁ、はぁ……イサーラ……自分のことを優先してもいいんだぞ？」

「ありがとうございます。ですが、カダルさまにご満足いただけるのが、私の悦びですから」

最初の頃ならばともかく、彼女と毎日のようにしているのだ。いいようにされてばかりではない。

「ああ、すごく気持ちいいよ。だけど、いつも言っているだろう？　俺は一方的にされるよりも、一緒に気持ちよくなりたいって……！」

そう言って、彼女の腰に手を添えて支えると、下から突き上げるようにして、腰を使う。

「んくっ、んんぅ……ああんっ♥　カダル様のたくましいものが、私の中の壁をいっぱいに押し広げてきて……んあっ、はああぁっ♥」

「ああ、イサーラのおまんこ、すごく熱くなってる……！」

他の女を知らないわけじゃない。

だが、彼女以上に相性の良い相手はいなかった。

「んんっ、あっ、くうぅんっ♥　また一段と硬くなって……あうっ、はあぁんっ！　奥のほうまでしっかり届いてます……あっ、ああっ♥」

繋がっている部分が火傷しそうなくらいに熱く、そして動くたびに襞が絡み、蕩けそうな快感に包まれる。

「うっ、うっ、あっ、イサーラ……!!」

「カダルさま……んっ、こうするのが、お好き、ですよね……？」

俺の表情を確かめるように顔をのぞきこんでくると、根元までしっかりとペニスを受け入れる。

亀頭がイサーラの膣奥に当たり、隙間なく密着した状態になると、彼女はゆっくりと円を描くような動きを始める。

「う、くうっ!!」

跳ねるような動きとは違い、ねっとりとした円運動は、膣奥のコリっとした部分や、深い場所と擦れあい、今までとは違う刺激を生み出す。

「イサーラ、相変わらず、淫らな腰遣いだな」

「はい……カダル様に悦んでいただくために……んっ、私にできること、全部、したいんです……!」

「まったく……何度も言わせるな。俺は、イサーラにも気持ちよくなってほしいし、こうしていることを楽しんでもらいたいんだ」

「あっ♥ ありがとう、ございます……カダル様にこうして奉仕できることが、私の快感で、悦びですから」

まったく、妙なところで頑固だな。

だが、彼女の表情も少しずつ快感に蕩けてきている。

「はあ、はあっ、あ、あっ♥ カダル様の、硬いもので……私の、膣を満たされて……全部、擦れて……ああっ♥ んんんっ♥」

右回し。左回し。そして、円を描きながら上下の動きが加わる。

俺のチンポを中心に螺旋を描くように腰を使い、イサーラは余すところなくペニスを擦りあげていく。

「んんんっ♥　あ、はああっ♥　はあ、はあっ……いかが、ですか？　カダルさまに、ご満足していただけていますか……？」

「ああ……これは、イサーラ、気持ちいい。そんなにされたら、すぐに出てしまいそうだ」

「はあ、はあ……いいですから……カダル様の好きなときに、私の中へ、出してください……！　んっ♥　んっ♥　あ、あ、んんっ♥　ふあぁあぁっ♥」

複雑な抽送の動きに合わせ、結合部から淫らな音が響く。

彼女も興奮しているのだろう。全身を上下させながら腰を振りたくる。

「んあっ、あっ♥　あ、ああっ♥　あふっ、はああ……!!」

激しい動きに合わせ、彼女の大きな胸が上下に揺れ踊る。

「……にしても、イサーラは、相変わらずすごいものを持っているな」

「んえ？　あふっ、ん、はぁんっ♥」

その揺れまくる爆乳を、下から支えるように掴んで、揉む。

「あんっ。あ、ふ……そんなふうにまたイタズラを……んくっ、んはぁ……カダル様は何もしなくても良いのですよ？　夜伽は全て、私におまかせいただいていいのですから……。んくっ、ああんっ♥」

「そう言われても、こんなすごいものが目の前で揺れてたら、掴みたくなるさ」

「きゃううぅんっ!?　ふぁあぁ……ああんっ♥」

感度良い彼女は、揉むと一緒に身体を震わせる。

「んあっ!?　やうっ、そこは……くうぅぅんっ♥　はあっ、はううぅ……敏感になってしまいます……あぁぁっ♥」

より一層感じるイサーラの様子を見ながら、さらに乳首も弄って責め立てた。

「ああ……本当に、イサーラの胸の感触はいつ揉んでも素晴らしいな。それがいつもそばにあるのはやはり、男としてうれしいものだ」

「あくっ、んんぅ……そうなのでしょうか？　んっ、ああんっ……男性のことはよくわかりません……カダル様以外と触れたことはありませんありませんから……あふっ、あんんぅ……」

「ああ……そうだったな」

あれは、忘れもしない十五の夜。

あのときもこうして、イサーラが俺の筆おろしをしてくれた。

俺よりも年上だった彼女は、それはとてもしっかりと俺をリードし、まだピュアだった俺はあっという間に果てた。

ただ、印象的だったのはそれじゃなく、てっきり経験者だと思っていたイサーラが、終わった後に破瓜の血を拭いている場面だった。

「……あれは、色々な意味で驚いたな」

「んっ、んんぅ……なにも驚くことではないと思うのですが……んんぅ……初めて同士でしたので、当然の結果です……あうっ、んんぅ……」

「まあ、そうなんだけどな……」

俺は王位継承権があるとはいえ、その順位は低い。

俺に肩入れしても、大して豪華な生活ができるわけではないので、メリットは少ないはずだ。

それを一度、きちんと話しておいたが、イサーラはただ——。

『私がすべてを捧げたいと思ったから、したまでのことです。それ以上の野心や策略などありません』

と、さも当然といった顔で言ってきた。

メイドとはいえ、そこまで尽くしてくれると、もう絶対に手放せなくなる。

そんなわけで、ずっと彼女は、俺専属のお世話係となっているわけだ。

ただ、それがイサーラにとって、本当に良いことなのかどうかは、わからないが……。

「んあっ、はんんぅ……どうかなさいましたか？　んんぅ……なんだか少し、悲しい顔をされてますが……んぅ……」

「……そんなことないさ。ちょっと大きな胸のせいで、可愛いイサーラの顔がよく見えないのが、残念なだけだ」

「んああぁ!?　やうっ、だから乳首をそんなに摘んでは……あうっ、はんぅ……くぅぅんっ♥」

余計な考えを振り払い、目の前の快楽に集中する。

「はうっ、あんんぅ……胸のイタズラが過ぎます……んくっ、んんぅ……そこまでされてしまうと、感じて動けなくなってしまいます……あんぅ……カダル様も、ご存知でしょう？　あふっ、くんぅ……」

「知ってるよ。イサーラの身体のことなら、誰にも負けない自信はあるからな」

「んんぅっ！　あうっ、はううぅ……そ、そういう言い方は、あまりしないでください……意識しすぎて、余計に感じてしまいます……あうっ、んあぁっ♥」

乳首への愛撫がかなり効いているのか、膣内の締めつけが強くなる。

しかし、相変わらず腰の動きの激しさは、変わらなかった。

「んっ、んっ、んはあぁ……あっ、ああんっ♥」

絶好調で、腰を振りまくる。

感じて動けなくなるとは言っているが、それは最初のうちだけだ。

俺との夜のご奉仕を繰り返すにつれて、イサーラはかなりセックスが上手くなり、最近では腰の振りが衰えることなど、まずない。

むしろ乱れ方が、一段と激しくなっている気がする。

「んっ、んはぁんっ♥　ああ、困ってしまいます……んくっ、んんぅ……カダル様のが良すぎて……腰の動きをっ、止められなくなってしまいますぅ……♥　ふあっ、はあぁぁんっ♥」

普段の彼女は冷静沈着で大人しく、とても頼りがいがある。

しかしベッドの上では素直になることが多く、喘ぎ、よがり、感じまくる。

こういうギャップもまた、俺の男心をくすぐってくる。

「んくっ、んはあぁ……あっ、んんぅっ！　ああぁ……深く来すぎてしまってる……んあっ、はあっ、はうぅ……これはもうっ、私のほうが早く果ててしまいそうですぅ……んくううぅんっ♥」

熱い膣奥が震え始め、膣口がきつく締めつけてくる。

その絶頂寸前のイサーラの反応に、俺も昂ぶってきた。

「……イサーラ。悪いが俺も我慢できないっ！」

「え？　ふやあぁんっ!?　うあっ、あふっ、カダル様っ、動いてはっ、ダメですうぅっ♥　あぁぁっ♥」

我慢できなくなり、こちらからも突き上げる。

「んあっ、はんぅ……あっ、あぁんっ♥　そんなにされては、本当に動けなくなってしまいます……んんぅっ♥」

「そうなったら、ちゃんと俺が最後までするから、気にするなっ」

「んきゃあぁんっ!?　ひゃうっ、くうぅんっ♥」

ぶにゅっ！

亀頭の先に熱くコリッとしたものが当たった。

「ああっ、そんな……も、もう私の一番奥を小突いてますぅ……んくっ、んんぅっ♥　カダル様の熱いものがっ、いっぱい押してきてますぅっ♥」

「くぅ……やっぱりここに届くと、膣内の締めつけがとんでもなくなるな……これはもう、全力でやるしかないなっ」

「ふなあっ!?　ひやっ、くあぁっ！　そんな……全力はダメですぅっ！　あうっ、んんんぅっ♥」

彼女の一番敏感な子宮口にしっかりと届くように、腰を持って突き上げる。

「あっ♥　ああっ♥　はっ、激しすぎますぅ……んああぁんっ♥　このままでは気持ちよすぎてっ、私の大事なご奉仕がっ、できなくなっちゃいますぅ……あうっ、んくっ、んんうっ♥」

「なにを言ってるんだ。イサーラの奉仕は、ちゃんとできてるさ。だからこんなに興奮してるんだぞ」

「んあっ!?　きゃううぅんっ♥　あっ、すごいぃ……また中でカダル様のが硬くなってっ、私の中をえぐってますぅっ♥」

感じながらもまだ腰を激しく振ろうとしてくるイサーラに合わせ、深くつながるように俺も一緒に突き上げまくる。

「んはあぁっ♥　あっ、ああっ、カダル様っ、すみません……私、先にぃ……あっ、ああっ♥　先にっ、とんでしまいますぅ……」

「ああ……俺もそろそろだっ！」

「んんぅっ♥　はいぃ……ああっ♥　カダル様のお好きなときにぃ……あっ、あうっ、はあぁっ♥」

きしむベッドの音が、悩ましいイサーラの喘ぎ声と共に、部屋へ響く。

「んっ、んはあぁっ♥　ああっ、あうっ……も、もう、身体に力が入りませんぅ……ああっ、本当にダメっ、あああっ♥」

「くぅ……十分な奉仕のお礼に、今日もたっぷり出すからな」

「はっ、はうっ、ああっ、はいぃっ♥　くださいぃ……カダル様の熱いご褒美っ、くださいいいいいっ♥」

ドクンッ！　ドプドプドプププッ！

「んんんんぅっ⁉　んくううううぅぅぅぅっ♥」

亀頭でしっかりとイサーラの子宮口を押さえながら、溜めていたものをすべて吐き出す。

「ひあっ、くうぅぅんっ♥　ああっ、いっぱい来るぅ……中に熱いのがいっぱい溜まってるぅ……んはあああぁっ♥」

彼女は大きく背中を反らして、気持ちよさそうな声を上げながら絶頂に震える。

「ふぅ……今日もよく出たな」

「んあっ、はあっ、はあぁ……ご満足ぅ……いただけましたかぁ？　カダル様ぁ……♥　んんっ、はあぁ……♥」

「ああ。イサーラには、いつも大満足だ」

「あんぅ……ありがとうございます……♥」

イサーラはそう言うと、今日一番の笑顔を浮かべた。

第一章　動き出した継承争い

「えっ!?　嘘だろ……」

「残念ながら、本当のことのようです」

メイドのイサーラから告げられた無慈悲な報告に、頭を思いっきり殴られたような衝撃を受けた。

俺よりも王位の継承権が3つほど上だったノーマンが、争いの最中に落命したらしい。

ノーマンは傍系ではあるが、彼は所持していたスキルの有用性もあって、王位継承権での順位は直系である俺よりも上位だった。

そして彼は俺にとって、血統やスキル能力での上下に関係なく付き合える、気の置けない、数少ない話せる親戚だった。

「ノーマンも継承権の争いに参加してたのか……」

「そのようです」

あまり争いごとが好きなタイプではなかったんだが……。

あいつのことだ。周りの期待に応えようとでもしたのだろう。まったく、しかたのないやつだ。

彼の冥福(めいふく)を祈っていると、イサーラがさらに報告書を積み上げていく。

「現時点でわかっているだけでも、継承権争いでお亡くなりになったのは、ノーマン様だけではございません」

「そうみたいだな」

続く報告書に目を通していくと、いやでも溜め息がこぼれる。

俺より高い順位の数名の継承権を持つ人間が、負傷をして再起不能になったり、落命して争いから脱落していった。

そのため、俺の継承順位もかなり変わってしまった。

元が最下層だったというのに、現時点で10位から7位の間に入るくらいまで繰り上がっているとのことだった。

「王位なんてほしくないし、やる気もないのに……。まったく、なんて迷惑な……」

思わず本音が口から漏れてしまった。

順位が上がって喜ぶことなんてできない。

何しろ、いくら俺が王位に興味がないと宣言したところで、周りはそうは思わないだろう。

父――王が生きていれば、継承権を返上して臣下に降りることもできたのだが……。

今となっては、誰かが王になるまではそれもできない。

「しまったな……もっと早く、継承権を放棄しておくべきだった……」

争いを避けるために誰かを戴いて、その下につくという手もあるが、もしその継承候補が負ければ一蓮托生だ。

王位を簒奪しようとした国賊、とでもレッテルを貼られて粛正されるに決まっている。

……王が決定したら、俺はすぐにでも継承権を放棄して、適当な貴族位をもらって、この田舎領地でのんびり暮らす。

そんなつもりで傍観を決め込んでいたのに、これでは水の泡だ。

「はあ……嫌でも巻きこまれるよな？」

「すでに巻きこまれている……と考えたほうがよろしいかと思います」

「そうだよなぁ……」

王位を目指す、俺よりも継承下位の人間にとっては、都合のよい踏み台程度に見えるだろう。身を守る必要がある。ここまでまったく無防備だったが、これほど上位に来てしまうと、そういうわけにもいかなくなる。

「……とりあえず、警護長のルイザークを呼んできてくれるか？　イサーラ」

「それは、カダル様も王位継承に参戦をなさるということでしょうか？」

「そんなわけないだろう？　俺はあくまでもまだ傍観するさ。ただ、一応の用心のために、話をしておきたいだけだ」

期待に目を輝かせるイサーラを諫め、俺は軽く対策を練った。

しかしその判断が、とんでもなく甘い考えだったということを、すぐに思い知ることになった。


「――い、イサーラっ!?」

真夜中の不審者発見の知らせを受け、急いで屋敷内の現場へ向かうと、血まみれになって床に座り込み、放心したようにぼんやりと空を見つめている彼女の姿があった。

「大丈夫かっ⁉　どこをやられたっ⁉」

駆け寄って抱き寄せると、イサーラの瞳が焦点を結んでいく。

「おいっ⁉　しっかりしてくれっ」

「……え？　ええ、はいっ。私は平気です……平気です……」

「でも血がついているじゃないか」

「これは……彼の血です……」

そう言って指差した先には、数名の男が倒れて動かなくなっている。

武器を手にした男達は、ほとんど見覚えのない者ばかりだったが、ひとり、知っている人物も倒れていた。

「ルイザーク……？」

「はい。警護長が、襲ってきた男達から私のことを守って……」

「おい！　まだ助かるかも知れない！　すぐに手当をしてやってくれ！」

集まってきた警護兵達に指示を出し、警護長の手当を指示する。

ルイザークの傍らに膝をついた警護兵が、痛ましそうに顔を歪めると、目を閉じて祈りを捧げる。

「カダルさま……残念ですが、警護長は……」

「…………そうか」

残念ながら、手遅れだったというわけか。

「襲ってきた連中は？」

「すべて死んでいるようです」

「そいつらの身元を調べろ。それと、曲がりなりにも王族の屋敷を襲撃してきたんだ、裏も取れ」

襲撃してきた者たちは、ここら辺ではまったく見ない盗賊や野盗のような格好をしている。

しかし、おかしいことに金目になりそうな物などは盗まれておらず、ピンポイントでイサーラを狙ってきたようにしか見えなかった。

「それと、ルイザークを丁重に弔ってやってくれ」

「……かしこまりました」


それから数日。襲撃者について調べはついた。

黒幕に繋がる糸をたぐると、裏側にいたのは、王位継承権の元七位だった兄の派閥の人間だった。

俺の傍にずっといたイサーラを拉致するか殺してしまうことで、自分たちの力を見せつけるつもりだったようだ。

暴力を背景に俺を脅し、囲い込み、都合のよい神輿にしようとしていたとのこと。

俺は元々王位に対して消極的……どころか、興味もないような態度だとは知られていた。

神輿にするには軽く、王位には遠い。そんな俺のことを、わざわざ自分の派閥に取り囲もうとする貴族などいなかった。

だからこそ、簡単に服従させ、自分達の言いなりにできると考えたのだろう。

……呆れるくらいに雑で、ずさんな計画だ。

だが、そのせいで俺の屋敷の人間——警護長のルイザークが死んだのだ。

彼が優秀であり、奮闘したからこそ、俺とイサーラは無事だった。

もう少し、自分の立場について考え、護衛の数を増やして対策をしておけば彼は死なずに済んだかもしれない。

そんな後悔が俺を責める。

そして今まで感じたことのない怒りがこみ上げてきた。

王位になど興味はなかった。

俺はただ本当に、今の暮らしを続けられればそれで良かったのだ。

それなのに、争いに引きずり出そうと画策し、しかも俺にとっては掛け替えのないイサーラを傷つけようとするなど、絶対に許せない。

「……イサーラ。俺、やるよ。どこまでやれるかわからないが、必死にあがいて王になってやる！」

「カダル様……私はどこまでもお供いたします」

嫌でも巻きこまれることになって無関係でいられなくなった俺は、この継承権争いに参戦することを決めた。

最初になすべきことは、身の安全の確保だろう。

消極的な判断？　いや、違う。戦いに出るために、必要なことだ。

今回の件でわかったが、敵は俺だけでなく、俺の身の回りにいる人間を狙ってくるのだ。

後顧の憂いなく戦うためにも、防備に力を入れるのは当然のことだろう。

さらに、最初にそうすれば『襲われた俺が、恐怖で屋敷に引きこもっている』と思わせることもできる。

王家から毎年、支給されていた金はそれなりに残っている。それを使って、屋敷の警護を強化することにした。

多少の時間とそれなりの資金を失うことになったが、並の襲撃であれば、どうにか撃退できるくらいまでにはなった。

守りを固めながら、次にすべきことは——攻勢だ。

とはいえ、考えなしに戦いを挑んだところで、まともな勝負にもならないだろう。

今まで王位から遠ざかっていた俺が最初にすべきこと。その一歩目として、自分の派閥を作る必要がある。

権力から離れ、財力もなく、人脈も薄い。

今まで好き放題に過ごしてきた結果ではあるが、ここはどうしても他の兄弟達に比べると、後手に回っていることを認めるしかない。

とはいえ、これでも王族の端くれだ。まったく何もない、というわけではない。

しかしこれらも、準備をするのに相応の時間がかかるが、おろそかにはできないことだ。

国は王ひとりで、どうにかできるものではないのだ。

ひとりでできることなど知れている。仲間が、自分を支えてくれる後ろ盾が必要だ。

そこで数少ない『話せる』親戚や近隣の弱小貴族に声をかけ、集めていくことにした。

辺境の地で同じように苦境を乗り越えてきた者同士で、以前から助け合っていた仲の者もいるので、印象は悪くない。

それに、王位の継承権争いは激化する一方だ。

いくら辺境の領主だとしても、争いが激化、拡大をすれば、いやでも巻きこまれることになる。いつまでも日和見のままではいられないというわけだ。

上位の貴族や、辺境を軽くみているような王族にいいようにされるよりは……という判断もあったのだろう。

それにスキル能力や順位が低いとはいえ、俺は現王家直系であり、血筋という意味では文句のない継承者でもある。

もしかしたら、天下を取れるかも知れないと、半ばギャンブルのように俺を買って、賛同してくれる者が徐々に増えていった。

派閥と呼ぶにはいささか貧弱な人数と規模ではあるが、少しずつ形になってきた。

もっとも、俺がそうやって王位を目指すような動きをすれば、すぐに情報が広まっていく。

今までは争いに無関心だった俺が、勢力を伸ばし始めたということで、順位の近い継承者達が警戒を始めた。

最も早く、俺へと手を伸ばしてきたのは、現継承順位10位と言われている、ガーグリンという男だった。

俺と同じように、ここ最近になって継承順位があがった男だが、血筋で言えば傍系だ。王位を継ぐという主張の正当性も薄い。

小領とはいえ領主であり、継承順位も上がったことで、味方についた貴族はいるようだ。

どこから集めてきたのか、２０００人ほどの私兵を引き連れ、俺の領地前に陣取ったそいつは、律儀にも手紙を寄越してきた。

といっても、宣戦布告と降伏勧告だ。

今なら配下にしてやるが、断れば皆殺し。そんな内容の手紙だった。

「こんな手紙で、私達が屈するとでも思っているのでしょうか？」

鼻で笑って、イサーラはビリビリと丁寧に破いてゆく。

「まあ、まだ手紙を寄越すだけ、まともな人間だけどな。だがその甘さには、つけ入る隙がありそうだな」

こちらの兵力は集めても１０００人。

近隣の貴族の援軍が来ることになってはいるが、当てにはできないだろう。

この一戦を見て、勝った側についたほうが、より王位に近づける可能性が高いのだ。

だったら、理由を付けて参戦を遅らせるくらいはするだろう。

つまり、相手の半数の兵力で、この戦いに勝利する必要がある。

ただの争いであれば、勝算は限りなく薄い。だが、俺達にはスキルがある。

そう――互いのスキルをいかに効果的に使用することができるか。それが、勝負の鍵となる。

幸い、ガーグリンのスキルは瞬間記憶らしく、一度見たら忘れないという、便利だがあまり戦闘に役立ちそうもないものだ。

一方の俺はというと、実態のない幻覚を見せるスキルで、その範囲も大体一部屋くらいの広さしかない。

相手もそのことは知っているはずだ。だからこそ、数を揃えれば、こちらが屈服すると考えているのだろう。

ただ、それは俺ひとりでの場合だ。

そう――周りには一切、知られていないが、俺には切り札とも言うべき存在がいる。

「……イサーラ。本当にいいのか？　戦闘にまで巻き込んでしまって……」

「もちろんです。私はカダル様のメイドですから、お役に立てて、嬉しいです♪」

彼女は一片の迷いもなく、にっこりと微笑む。

戦いに巻きこみたくないが、イサーラがいてくれれば、この戦いに勝利することは難しくないだろう。

「……わかった。すまないが共に来てくれ。イサーラのことは、俺が必ず守るから」

「はい。どこまでもお供いたします」


指揮官の考えや心情は、良くも悪くも下へと伝わるものだ。

ガーグリンは自らの勝利を疑わず、俺が降ると思っていたのだろう。

未だ俺からの返答のない状態だというのに、敵陣では、連れてきていた私兵達の気が緩み出していると報告を受けた。

「打って出るぞ！」

そう告げると、予め暗闇に目を慣らすように指示しておいた少数の精兵達を引き連れ、夜陰に乗じてガーグリン陣営へと向かった。

「――奇襲だーーっ！　全員、戦闘体勢っ！」

見張りをしていた兵が大声を上げる。

だが、遅い。すでに俺達は、ガーグリンの陣営のうちにいる。そして――。

「おいっ、大変だ！　もう敵に囲まれてるらしいぞ！　しかも俺たちよりも数が多すぎるっ！」

「なんだって!?　数ではこっちのほうが多いはずだろっ！　どこからそんな数を集めてるんだっ!?」

不安、混乱、恐怖。ガーグリンの兵隊は大混乱に陥っていた。

それも当然のことだろう。

勝利を疑わず、油断しきっている状態。しかも夜襲だ。さらに言えば、前兆のまったくない状態から、想定外の戦力である1万以上にさえ見える大軍に囲まれていたのだから。

一心不乱に逃走するもの。混乱の中、同士討ちをするもの。火事場泥棒よろしく、物資を略奪するもの。

指揮官は体勢を立て直そうと、必死に声を張り上げているが、ほとんど効果もない状態だ。

「おお……これはすごいな。上手くいくとは思っていたが、予想以上だな」

「……はい。私もここまでとは思いませんでした」

混乱している軍を、身を隠すようにして観察していた俺とイサーラは、目の前で右往左往するガーグリンの兵隊を見て、確信を得た。

俺のスキルとイサーラのスキルを合わせれば、この勝負は勝てる！　と。

そう――俺だけでなく、イサーラもスキルを持っている。

スキルを使うとき、使用者は特殊な光を身体から発することが多い。

なのでかなり前から、イサーラにもスキルが有ることは気づいていた。

しかし、彼女自身、自分のスキルがどういうものか、何ができるのか、よくわかっていなかった。

俺とは違う意味で、彼女のスキルは使えないものと認定され、日の目を見ないまま埋もれていった。

だが、ふとしたきっかけで、わかったのだ。それは他人の能力を増幅し、強化するという、かなり特殊なスキルであることが数年前に判明した。

しかもそれは、俺と一緒のときにだけしか発動しない、ということも突き止めた。

『これはきっと、私のカダル様への愛が形になったものなのでしょう！』

当時のイサーラはそう言って、とても喜んでいた。

まさか、そのスキルを王位継承の戦いのために使うことになるとは思わなかった。

とはいえ、俺とイサーラのスキルの複合利用によって生み出された軍の幻影を見て、ガーグリン陣営は、ほとんど崩壊状態だ。

ここを強襲すれば、壊滅的なダメージを与えることも可能だろう。

だがガーグリン側だけでなく、自軍にも相応の被害が出る。

王位を目指すことを決めた以上、血塗られた道を征く覚悟は決めている。だが、流す血は少ないほうが良い。

「さて……それじゃあ、この隙に行くとしよう。準備はいいな？」

「「はいっ！」」

そうして混乱中の兵の間を縫い、少数精鋭を引き連れ、俺たちはガーグリン本陣へと向かうことにした。

もちろん幻影によって、俺達は友軍兵にしか見えないようにしている。さらにガーグリンの側近に化けて陣に入ると、あっけなく本人の寝室にまでたどり着くことができた。

「――な、なんだ貴様はっ!?　場をわきまえ……待て。お前は確か……貴様っ、カダルっ!?」

ガーグリンは顔色を失い、逃走路を探すように忙しなく左右に目を向ける。

「ほう、よく覚えていたな。王の葬儀で顔を合わせただけだったはずだがな」

「誰か、誰かいないのか!?」

「無駄だよ。今、この周りは俺の部下達が固めている。誰も近づいてこられないようにな」

「く……!?」

助けを求めても無駄だと理解したのか、ガーグリンは近くにあった剣を手に取り、遅いかかってきた。

「死ねねえええっ!!」

瞬間記憶のスキル持ちと聞いていたが、悪くない剣筋だ。

ガーグリンの剣は、俺の右肩から入ると、左の脇腹へと抜けていく。

「くっ、ははは！　わざわざ死にに来たのか、間抜けめ」

「悪いが、幻影だ」

「……なっ!?」

ガーグリンは俺の作った幻影を相手していただけだ。その間に後ろに回りこんでいた俺は、剣を一閃した。

目を見開いて驚きの表情を浮かべたまま、ガーグリンの首が落ちる。

「……すぐに諦めて降っていれば、死ぬこともなかっただろうに」

「お見事でした、カダル様」

イサーラのその言葉で、ようやく俺は、初めて自らの手で人を殺したことを実感した。

覚悟は当然していたが、やはり少しは胸が痛む。

「……あまり気分の良いものじゃないな。この感触は」

地面に転がるガーグリンの首を見ながら、ふとそんな言葉をつぶやいていた。


対ガーグリン戦は、カダル軍の犠牲者ゼロという、圧倒的な結果を残し、開始からたった一日で終結した。

ガーグリンの領地を接収し、彼の血族は全て追放した。

他の皇位継承者候補の元へ身を寄せ、俺に復讐を誓うも良い。争いから身をひいてひっそりと生きていっても良い。

これによって、俺が管理運営する土地が増えた。もっとも、ガーグリンは悪政を敷いていたわけでないので、カダル領として一つにまとまるまでは、少しばかり時間がかかるだろう。

そして、それだけの動きを見せれば、情報はすぐに広がり、巡っていく。

「あの、やる気のなかったカダルがついにやったってさ」

「兵を伏せての夜襲で、しかも少数で勝利したそうじゃないか。思っていたよりも将として能力があるのかもしれない」

「ガーグリンを暗殺したという話もある。汚い手段を使って勝利するような人間に、王位を継承する権利はあるのか？」

「勝てばなにも問題なくなるからな。俺はやると思ってたぜ、カダルの旦那は」

領民たちは各々にそんなふう言って、色々な意見を交わしていったようだが、概ね俺の戦果は評価されることになった。

それからは俺の誘いに渋っていた貴族たちもすぐに名乗りを上げ、急激に派閥の人数を増やしていくことができた。

ここまではとても順調だった。

だが思ったよりも、俺の心には、しこりが残っていた。

元々、争いはあまり好きな性格ではない。戦場で活躍して英雄を目指すつもりもない。

日々、のんべんだらりと好きなことをして過ごしていた元の生活に、俺は何の不満も抱いていなかった。

王位なんて、今も欲しいとは思っていない。ただ、なければ自分の大切なものを守れないので、必要としているだけだ。

「はあ……」

ひとりになると、つい溜め息がこぼれる。

だが、やらなければならないのなら、やらずに後悔するよりも、やって後悔をするほうがいくらかはマシだろう。

今後も、同じように血の繋がった兄弟達と争っていくのだ。このくらいのことで立ち止まるつもりはない。

だが、血が繋がっているだけの他人、という程度の距離感ではあっても、同じ王族を手にかけてしまった。

　そのことがどうしても頭から離れず、思いの外、眠れない状態が続いていた。

「――ふぅ……」

　今日もまた、夜が深まっても眠気が訪れないベッドの上で、俺は長いため息をついた。

　息抜きに夜遊びをするという気にも慣れず、ただぼーっと天井を見つめていた。

「……こんなことでどうするんだ、カダル。今後も俺は、もっとこの手で同族を手にかけなければ、ならないんだぞ……」

　言い聞かせるようにつぶやいたが、相変わらずもやもやは消えなかった。

　コンコン――。

　少し控えめなノックが、深夜の部屋に響く。

「ん？　誰だ？」

「カダル様。私です。夜分遅くに、申し訳ございません」

「ああ、イサーラか。入れ」

「失礼いたします」

「……どうしたんだ？　しばらく、夜の相手は必要ないと言っておいたはずだが……」

「はい。わかっています。わかってはいましたが……来てしまいました」

　そう言ってイサーラは、躊躇なく俺のベッドへ潜り込んできた。

「ん……カダル様……」

そうして温かいぬくもりと共に、優しく抱きしめてくる。

その感触とイサーラの良い香りで、頭の中を満たしていた黒く淀んでいた気落ちが、すっと晴れた気がした。

「眠れないのですね？　たぶん、あの方を手に掛けたときからでしょうか？」

「……よくわかったな。まあ、わかってしまうか、イサーラには」

「ええ。カダル様のことですから♪」

「ははっ、そうか……」

少しいたずらっぽく笑うイサーラを前に、俺の口は自然と本音を漏らしていた。

「覚悟していたはずだったんだがな……いくら血が遠く、今までの関わりも薄いとはいえ、兄弟を切るというのは、これほど心に負担があるものなんだな」

「カダル様とガーグリン様は、たしかにそれほど親しくしてはおりませんでしたが、それでも数年前までは一緒に食事をしたこともある相手でしたからね……」

「あいつはきっと覚えてないだろうけどな。王の葬式の前にも一度、継承順位下位同士、特に争うこともなく平和に話しをしていたはずなんだが……やはり、権力は人を狂わせるんだな」

噂によれば、ガーグリンも継承者争いに、最初はあまり乗り気ではなかったらしい。

しかし、自らの順位があがり、貴族達に持ち上げられ、そそのかされたのだろう。

今回の争いは、誰かが王となるまで終わらない。一度、立ち上がったら、もう引き返すことはできないのだ。

「あいつも被害者のひとりだったのかもしれないな……」

求めれば、望めば、手が届く。

そんなふうに思ったときには、すでに王位に魅入られていたのかもしれない。

「……俺もそうなってしまうのだろうか？　いや……もう、すでにそうなっているのかも知れないな……」

「……私はカダル様がどう変わってしまわれようとも、これからも必ずお側におります。ですから、安心してください」

「ん……」

そう言って抱きしめながら、頭を優しく撫でてくる。

それはまるで子供をあやす、母親のように。

実際はこんなふうに、母に頭を撫でられたことなどなかった。

俺の母は残念ながら、俺を生んですぐに亡くなってしまった。

だから少し寂しいと思うときもあったが、常にイサーラは俺のそばにいてくれた。

そんなことをふと思い出してしまったら、不覚にも目頭が熱くなってきてしまう
こんな顔をあまり見せたくない。

「…………イサーラ。ちょっと、後ろを向いてくれないか？」

「え？　こうですか……？」

不思議な顔をしながらも、素直にイサーラはくるりと後ろを向いた。

ぎゅっ――。

その素直さにまた助けられ、感謝の気持ちとともに、後ろから抱きしめる。

「んっ、あ……もしかして、このまましますか？」

「……ああ。今日はこういう気分なんだ」

「あうっ、んはぁぁんっ♥　んくぅ……ああっ……」

抱きしめた手をそのまま胸に這わせ、感触を楽しむようにして揉んでいく。

「あんんぅ……はい。カダル様のされたいように……んはぁぁんっ!?　あうっ、くんぅ……で、でも、すぐにそこを弄るのは困ります……ああんっ♥」

すでに反応して、勃起していた感度良好の乳首を指の腹で優しくこねると、ビクビクと全身を震わせる。

「そうか、困るか……ならもっと困らせてしまおう」

「え？　やうっ、はっ、んんぅっ！」

敏感な乳首やその周りを、執拗に捏ねて、弾いて、軽くつまみ、イサーラへの愛撫を続ける。

「んくっ、んはぁ……はあっ、はぁぁんっ!?　やあんっ、あぁぁっ♥　んくっ、そんな……これはもうぅ……くうううぅんっ♥」

「ん？　おお……」

ブルっと大きく身体を震わせ、俺の腕をギュッと掴んでくる。

もう軽く絶頂しかけたみたいだ。

「はあっ、んんんぅ……あぁぁっ♥　あううぅ……胸だけで、こんなに気持ちよくなってしまうなんて恥ずかしい……」

「こんなに大きいけど敏感だからな」

「んんぅ……わかってて、ここまでイタズラしてくるのですから……ん、は……相変わらず、カダル様は意地悪です……♥」

抗議するような言葉を口にしているが、彼女の表情は俺のすることを喜んでいるような笑みを浮かべている。

「そうやって、嬉しそうに言われると、またやりたくなるな。でも実はここより、もっと弄ってほしい場所があるだろう？」

俺は、まだ息の上がっているイサーラの股間へと、指先を進めた。

「くうぅんっ!?　んはあぁ……ああっ♥　アソコをまたイタズラな指が……あうっ、ふあぁぁ……」

「おっ……ずいぶんと良い具合になっていたんだな」

「あうっ!?　んんんぅ……はい……胸のイタズラのせいです……んあっ、はあぁ……あぁぁんっ♥」

思っていたよりも、かなり熱くなっている秘裂は、パックリと開いていて、陰唇もいやらしく膨らんでいる。

その膣口を揉みほぐすように、指先をやや押しつけて弄ると、じゅっと奥から愛液が滲み出てきた。

「すごい熱を持ってるな。ここだけ燃えているみたいだ」

「んあぁ……はうっ、んんぅっ♥　カダル様に触れられると、熱く火照ってしまう……あんんぅ……そういうふうに、もう私の身体は、なってしまっているのですね……あうっ、んんんぅっ♥」

「初めてのときからずっと俺としてきているからな。そう刷り込まれているのかもしれないな」

「んあっ、はあぁ、はあぁ……そうかも知れません……んんぅ……」

俺のすることに、イサーラが敏感に反応する。

「んっ、ん、私の全ては、カダル様のものですから」

「……ああ。イサーラは俺のものだ」

「ふふっ、ありがとうございます。嬉しいです……んっ、あ……私の全てを、カダル様の好きなように、変えて、染めてください……それが、私の望みで、喜びですから……♥　あうっ、はああぁ……ああんっ♥」

「そうか……それなら、もっと俺で気持ちよくなるように、しっかりとイサーラの身体に覚えさせないとな」

指先を軽く曲げ、発火するように熱い膣壁をくすぐるように擦る。

「ふああぁ……ああんっ♥　あっ、膣内を指でかき回されるぅ……んんぅっ♥　内側からなにか気持ちいいものが、溢れてきてしまいますぅ……ああぁっ♥」

胸と同じくらいに、イサーラの膣内の感度は良いらしい。

「はあっ、はくうぅんっ!?　んあっ、ああぁっ♥　そ、そこの当たってる場所っ、とっても良すぎますぅ……ああぁっ♥」

指を軽く動かすだけで、膣奥からねっとりとした愛液が溢れ出し、もう締めつけてきた。

「んあっ、あうぅ……カダル様っ、ごめんなさいぃ……んっ、んあぁぁっ♥　私またっ、来てしまいます……んんぅっ♥」

膣内全体が細かく痙攣し、もう予兆が見え始めた。

「謝る必要はないだろう？　好きなだけイってしまえっ」

俺はイサーラが一番良い反応を示してくれた場所に、指先を当てて優しくくすぐる。

「んあっ、は……いっ、いぃっ♥　ふあっ、あぁ……もうこれはダメ……あっ、あんんぅっ！　私、またとんでっ、とんでしまいますううううぅぅぅっ♥」

「おお……すごいな。これは……」

彼女の膣口が、大きな絶頂と共に、中に入れている指をギュッと強く締めつけてきて、抜けなくなりそうだった。

「んくっ、んあっ、はぁ……ゆ、指でここまでされてしまうなんて……何回されても、アソコを弄られるのは慣れないですね……はふぅ……♥」

胸に置いている俺の腕を握り、うっとりとした艶声で振り返りながら微笑む。

「ふふ。逆に慣れたからこんなに感じるようになったんじゃないか？　イサーラはどんどんスケベになっていくな」

「あうぅ……カダル様のお相手をしていれば、そうなってしまいますよ……ああ……でも指だけでは、やはり物足りません……」

ちょっと頬を赤くしながら、イサーラはそう言って、体勢を変えた。

「んんぅ……今日は後ろからの気分という、カダル様のご希望ですから……」

その場で手足をベッドにつき、四つん這いになってお尻を高く突き上げてくる。

「ああ……わかってるじゃないか、イサーラ」

下着のクロッチを捲ると、ふくよかなお尻の奥の、熱く濡れた秘部を俺に見せつけてきた。

「あんぅ……このままで結構です……はあっ、あんんぅ……カダル様の熱いものを、入れてくださいっ♥」

「もちろん、そうさせてもらおうっ」

すでに勃起している亀頭を膣口にあてがう。

そして健康的にくびれた腰を掴み、ゆっくりと腰を前へ押しつけていった。

「んあああぁっ!? はうっ、くうぅ……ああ……熱くて太いもので、こじ開けられますぅ……♥」

「おお……!? チンコが溶けてしまいそうだな」

ぬめった膣内は、一度絶頂しているからなのか、すでにかなり熱く締めつけてくる。

「んはあぁ……ああんっ♥ さっきまで指でしてもらったところが、たくましいゴツゴツで擦れてしまって……んんぅっ♥ とっても気持ちいいです……」

「よし……これで全部だ」

「ふああぁんっ!? はぐっ、くうぅぅ……あぁぁ……入り口から奥のほうまで、カダル様でいっぱいですぅ……♥」

根本までしっかり入れると、膣内を大きく震わせて、イサーラは全身で喜んでいるようだった。

「くうぅ……イサーラの中は大歓迎のようだな」

「はあっ、はあぁ……入れていただいたら、ますます興奮が収まらなくなってしまいました……カダル様ぁ……お願いしますぅ……」

切なそうに瞳を潤ませ、イサーラが振り返る。

その腰は軽く動いているが、たぶん本人は気付いていないのかもしれない。

「ははっ。そんなにねだられたら、こっちも興奮してしまうなっ！」

「んはあぁんっ♥　ああっ、カダル様ぁっ♥　んっ、はあぁぁっ♥」

丸みを帯び、しっとりとしたモチモチ肌の尻肉をつかみ、なにも考えずに腰を動かしていく。

「んぁっ、ふぅっ、はぁっ……大きく硬いカダル様のものが……私の中をっ、激しく擦っていくぅ……ああぁっ♥　なんて気持ち良さなんでしょう……んんぅっ！　また私……気持ちよすぎてしまいますぅっ♥」

彼女はかわいらしい声を出しながら、感じていった。

「くっ……こっちもかなりいい感じだぞ」

いつも以上に膣襞が肉竿に絡みつき、擦りあげてくる。

「んはぁ、はうっ、んんぅっ！　私の奥までっ、いっぱい届いてぇ……全身が喜んでしまいますぅっ♥　はあっ、あああぁっ♥」

熱い膣奥がうねるようにして、射精をねだっているようだ。

「ああ……とってもきれいだぞ、イサーラ」

「んっ、んんぅっ♥　はうっ、んああぁっ♥　カダル様に褒められてしまったら私ぃ……ますます、エッチになってしまいますぅっ！　ああぁっ♥」

黒髪が流れるように溢れる、きれいな背中のラインを眺めながら、俺は欲望の赴くままに腰を振っていく。

「あっ、あうっ……んはあぁっ♥　カダル様のものがっ、また一段と硬くぅ……んんっ、んはぁっ♥」

四つん這いになって受け入れる彼女の身体は、俺のピストンに合わせて激しく揺れ、尻肉は波打っている。

そして揺れているのは、もちろん身体だけではない。

「おお……さすがイサーラだな」

後ろからでもよくわかるほど揺れる肌色の膨らみ。

そのいやらしく暴れまわる姿は、どこから見てもやはりエロい。

「んあっ？　どうかなさいましたか？　カダル様ぁ……ああぁんっ!?　ふあっ、そんな……ああぁんっ♥」

胸を揉み、さらにそれを引き寄せるようにして掴みながら腰を振る。

「はうっ、んんぅっ！　アソコも胸も、一緒にされてはっ、すぐにまたきてしまいますぅ……んくっ、んんぅっ！　それに、そんなに引っ張られてしまうと、伸びてしまいますよぉ……ああっ♥」

「大丈夫だ。イサーラのこの胸は、そんなことでは伸びないさ」

なんの根拠もないが、なぜかそう言いきれるほど、彼女の爆乳は圧倒的な存在感があった。

「あんぅ……でも形が崩れてしまったら、夜のご奉仕にも影響が……んくっ、んんぅ……そうなってしまったら、カダル様好みの胸の形ではなくなってしまいます……」

「こらこら。それじゃまるで俺が、イサーラの胸だけ欲しがっているみたいじゃないか」

「んっ、んんんぅ……違うのですか？　あんんぅ……私の価値など、この胸だけではないかと……あんっ♥」

「そんなことはないからな。仮に形が崩れてしまっても、ちゃんと夜の相手はしてもらうからな、イサーラ」

「んくっ、はあぁんんっ♥　あんんぅ……はいっ……私はずっと、カダル様にだけご奉仕いたします……♥」

「よく言ってくれた……イサーラっ！」

「んゆうぅんっ!?　ふあっ、あぁぁんっ♥」

嬉しい気持ちと共に、昂りを腰の動きに乗せ、激しく責め立てた。

「あっ、あうっ、んはあぁんっ♥　荒々しいっ、カダル様の動きで……私の身体っ、めちゃくちゃになっちゃいそうですぅっ♥　んはあぁっ♥」

パンパンと柔肉を股間で叩くいやらしい音が、さらに俺を興奮させる。

「んあっ、あぁぁっ♥　やんっ、あんんぅぅっ！　奥のほうがっ、熱くなりすぎてぇ……こ、これ

また っ、来ますぅっ♥」

ぐにゅっ！

亀頭の先が子宮口を小突いた。

「きゃううぅんっ!?　ふあっ、ああっ、また当たったあぁぁっ♥」

その瞬間、イサーラが大きくのけぞり、力強い膣圧で肉棒を締めつけてくる。

「おおっ!?　なんだこの中の動きは……子宮口もっ、吸いついて……くぅっ！」

「ひぃぃんっ!?　んあっ、やんぅ……あぁぁっ！　何回もっ、奥を小突いちゃっ、ダメっ、ダメぇぇっ♥」

イサーラがギュッとシーツを握り、再び全身を大きく震わせる。

そこで俺も限界が来た。

「んいっ、ふあああぁっ♥　ああっ、身体の感覚がなくなってぇ……もうっ、おかしくなってしまいますううぅぅっ♥」

「っ!?　出るっ！」

ドクドクッ！　ドププッ、ビュクルルルルッ!!

「んくうぅっ！　ああっ、奥でカダル様の熱いものがっ、いっぱい噴き出してますうううぅっ♥」

吸いつく子宮口にたっぷりの精液を流し込んでいく。

「はあっ、んはあぁ……カダル様の熱いもので満たされるぅ……んくっ、んんぅ……それだけで私は幸せですぅ……んくぅ……」

最後まで、射精で跳ね上がる肉棒を受け止めていたイサーラが、ふと力尽きたように、ベッドへと寝そべった。

「ああ……よく出た……」

俺の精液なのか、それとも愛液なのかわからないが、抜けた肉棒の先から引いた糸がイサーラの膣口へとつながる。

その姿はとても卑猥だった。

「んんっ、はあぁ……満足していただいたみたいですね……んんぅ……これで少しはカダル様のお役に立てたでしょうか……」

「十分すぎるほどな」

まだ息の荒い彼女の横に寝そべり、傍らに引き寄せる。

「んんぅ♥　はい……」

ほっと大きく息を吐いて、イサーラは俺に身を預けてきた。

そのぬくもりを感じていると、張り詰めていたものが緩んでくる。

「俺が一番恐れてるのは、イサーラや従者、そして民にも、この不毛な争いで危害が及ぶことなんだ……」

ふと本音が、胸の奥から口へと漏れてしまう。

「でもこれはもう、どうしても避けられないものになってしまっている。そして、そのときの俺の取捨選択が、最善のものであるかどうか……俺には自信がないよ、イサーラ……」

「カダル様……」

弱気になってしまった俺に、コツンと額をくっつけてくる。

「……そうやって周りのことを、民のことを考えられるカダル様だからこそ、王になってほしいと思っていたのです」

イサーラは、そう言ってまた優しく抱きしめてくる。

「……そうか……」

「……でも、全てを捨てて逃げるのならば、私はどこまでもお供いたしますからね。ふたりでさらに辺境の地へ行くのもいいでしょう。いっそのこと、大陸を超えてしまっても良いかも知れませんね」

「それはまた思い切った逃避行だな」

イサーラはにこやかにそう言ってくれるが、きっと俺がそう願えば、きちんと付き合ってくれるだろう。

その真剣な覚悟は、ひしひしと伝わってくる。

だが、ここから逃げたところで、一生、追っ手に怯えて暮らすしかない。

それに、こんな素敵なイサーナにそんな生活をさせる気はない。

「……よし。これからまたしっかりとがんばろう。へたれな俺だが、ついてきてくれるか？」

「ええ、もちろんです♪」

イサーラの嬉しそうな顔を見て、俺はしっかりと気持ちを持ち直した。

幻影を見せる。

俺のスキルは、当然だが王族だけでなく、ある程度の地位にいる貴族も知っている。

そして、そのスキルでできることも、だ。

もっとも、俺は自由気ままに生きていくために、自分のできることを過少に申告していた。

自分自身以外の、他人の幻影は作れない。

幻影を生み出せる範囲は、俺の体の周りだけ。

昼に見れば、はっきりと幻影だとわかる程度のものしか作れない。

それを武器にできるほどスキルは有用でなく、どうにか応用しようとしても難しい。だからこの低い能力では、王家の役に立つようなことができない。そう言ってきたのだ。

外れスキルの中でも、さらに下位のスキル。

……今まで、俺のスキルを知っていた人間はみんなそう信じていたし、今もほとんどがそう思っているだろう。

だからこそ、非戦闘向きと思われていた俺が、同じように非戦闘向きとはいえ、体格に恵まれていた10位のガーグリンを破ったことで、同じような継承順だった兄弟達へ、いっそうの警戒心を抱かせたのは間違いないだろう。

まだ俺がどうやって勝利したのかの情報は少なく、未知の部分が多いが、戦闘をこなせるようになっているのは確実だと思われているようだ。

面倒は増えたが、だが抑止力としての効果もあがった。

武力を揃えて叩けば、簡単に倒せる相手でしかないと、軽んじられることがなくなった。

時間の経過は味方だとは言い切れないが、他領にいる兄弟が実力行使でくるまでに、少しでも準備を整えていく必要がある。

手に入れたガーグリン領の把握や、軍の再編成など、やることは多い。

必要なことではあるが、広がった領地を整えるというのは、地力を増すということだ。

俺は新たに得たイサーラとの共同スキルを利用し、周りに自分の力を示していった。

それは利益の面からでもあり、恐怖からの者もいたり、本当に忠誠心を持っていたり、様々な思いを持ちながらも、俺に従う人間が集まって来ていた。

そうなると、俺の派閥はより力を増し、さらに様々な人材を引き込んで、より幅広い層の力を得ることができるようになってきた。

同程度の、下位王位継承権の人間だけでなく、俺など相手にすることもないと考えていた上位の連中にまで、ゆっくりと警戒すべき相手だという認識が広がっていく。

そしてそれぞれ、同じように思ったに違いない。

足下を疎(おろそ)かにしていると、いつか面倒になる。まだ影響力の小さなうちにどうにかすべきだと。

想定以上に早く、そして予想していたよりも上位の継承者達の注目を集めたことに、俺は気付いてはいなかった。

もっとも、気付いていたところで、手の打ちようはなかっただろう。

それに、僥倖だと言えるのは、手を結んでまで、俺をどうにかしようという人間が上位の継承者達の中にいなかったことだろう。

多少、力を付けた下位の人間よりも、自分と同位に近い相手のほうが油断ならないのだ。協調をしようにも、上手くいくわけもなかった。


俺は今、暮らしていた屋敷から出て、急ぎ作らせている新しい屋敷で、謁見用の部屋とでもいうべき場所にいた。

その数歩前には、膝をついている、やや太った四十代ほどの男の姿があった。

領内での商業行為を行うために、許可が欲しいという理由でやってきた商人だ。

「ペンス、お前の言うその話に間違いはないのだろうな？」

「はい。間違いございません」

継承者5位のユリアルが、4位のクリシスを襲い、返り討ちに遭ったという報告があがった。

「クリシス……あの、おチビちゃんが、そんなことを？」

継承順位は俺よりもかなり高かったが、昔、よく一緒に遊んでいた妹のような存在。

それがクリシスだ。

「カダル様。クリシス様は、今はもう立派なレディになられております」

俺の座る椅子の斜め後ろに控えていたイサーラが、俺にだけ聞こえるくらいの声でつっこんでくる。

あれから……数年は経っているのか。王位継承争いさえなければ、王立学園の学生だったはず。

そんな彼女が、継承5位を相手に戦い、勝利をする姿を想像できない。

だが、その力はきっと本物だ。もしも今、彼女がウチを責めてきたら、為す術なくカダル領は滅ぶだろう。

経済も、軍事も、そのくらいの差があると予想される。

ただ、クリシスは積極的に動いてはいないようで、ちょっかいを出してくる者に対してだけ牙を剥いているという。

できれば彼女と戦いたくはないが……もし邪魔になるのであれば、仕方がないだろう。

全力で相手をするしかない……たとえ、勝てないとわかっていても。

「実はそのクリシス様から、親書を預かっておりまして……」

思考に沈んでいた俺は、ペンスの言葉で現実に引き戻された。

「クリシスから？　どれ、見せてみろ」

「よろしいのですか？」

相手が王ならば、こういうときは控えていた侍従に渡すものだ。

他の領主でも同じようなものだろう。しかし、俺はああいう儀礼的なものはあまり好きではないのだ。

「かまわん」

「はっ。では、失礼いたします。こちらが、クリシス様からお預かりしております、親書となります」

もしかしたら、同盟の誘いかもしれない。そんなことを考えながら、身を乗り出したが——。

「バカめっ！　引っ掛かったな、カダルっ！」

先ほどまでの商人らしい柔和な表情が消え失せ、同時に俺の首の下で風切り音がした。

「ぐぅぅっ!?」

喉から溢れる血を押さえるように手を当て、その場に崩れ落ちる『俺』がかき消えていく。

「な……？」

驚いているペンスは、その瞬間、無防備になった。

「やれ」

グサ、グサ、グサッ！

空間から湧き出たように姿を現した兵士が、ペンスの脚や腕を三方向から槍で貫いた。

「がっ、ぐ……がはっ、な、ぜ……？」

何が起きたのかわからないという顔をしている。

「信頼できない人間に会うのに、護衛もなしのはずはないだろう」

「げふっ、が……げんえ……隠れて、いたのか……？」

「そうだ。最初から兵はそこにいたんだよ。それに、お前が襲いかかった『俺』も、スキルが生み出した幻影だよ。つまり、引っ掛かったのは最初からお前のほうというわけだ」

「いちま……うえだったという、わけか……」

ペンスは納得したように苦笑すると、その場に倒れた。

「そいつを連れていけ。死ぬ前に、裏に誰がいるのかは聞きだしておけ」

「……カダル様、この男はもう死んでおります」

兵士のひとりが、ペンスを見おろしてそう答えた。

「急所は外すように言ったよな？」

「はい。ですが、どうやら毒を飲んだようです」

「……なるほど」

掴まるくらいなら自害をするって……こいつは、暗殺者だったのかな？

だとしたら、自分から情報が漏れないように、それくらいの用意はしているか。

「一応、調べられるだけ、調べておいてくれ」

「はっ」

兵士は礼をすると、ペンスの亡骸をテキパキと運びだしていく。

「……やはりイサーラの言う通り、謁見のときは幻影で自分の姿を見せておくのが良いみたいだな」

「ええ。やはり急成長すると、どうしてもこういう輩が出てきますからね」

「……そうだな」

兄弟で当たり前のように、命を狙い、狙われる関係。

一日も早くこんな状況から解放されたい。だが、そのためには——信頼できない相手を全て排除する必要がある。

それがたとえ、可愛がっていたクリシスだとしても、だ。


「……違う？」

数日後。惰眠を貪っていた俺の部屋へとやってきたイサーラが、ペンスの件についての報告を持ってきた。

「はい。クリシス様に罪を着せようとしていたようですが、継承6位と8位のおふたりが手を組んで仕組んだものでした」

「……どうしてわかったんだ？」

「クリシス様からいただいた情報を元に、暗殺者ギルドを強襲、捕縛に成功した数人から聞きだすことができたそうです」

「でき過ぎじゃないか？」

「これも謀（はかりごと）である可能性は否定できません。ですが、クリシス様がこのような迂遠（うえん）な手を使う必要はございません」

「ああ、そうか。そうだったな……」

彼女自身がすでに4位、そして最近5位を下したばかりだ。

その気ならばすでに、こちらを滅ぼすだけの兵力も、干上がるまで追い詰めることのできる経済力もあるのだ。

「となると……。その6位と8位というのは、間違いないか」

理由は当然、急成長して台頭してきた俺を危険視したからだろう。

しかし、売られた喧嘩は当然、きっちりと返さねばならない。

6位のスキルは発火能力。

触れただけでそのものを燃やすことができる。

そして8位のスキルは氷結能力。

触れたものを凍らせる。

戦闘にうってつけのスキルを持つふたりが手を組んだことで、俺に勝ち目はないように見えた。

だが、6位と8位が近い場所で、行動を共にしていたのが幸いだった。

「——なにっ!?　貴様、なぜここにいるっ、カダル！」

「貴様、いつの間にっ!?　ええい、凍らせて粉々に砕いてやるぞっ、カダルっ！」

彼らがいつも集まって話し合うという秘密の会合場所。そこで幻影を使い、お互いを俺だと誤認させた。

結果はもちろん、どちらも絶命。

「……なんだか、ここまで簡単にいくと、かえって怖いな」

「それだけ有用なスキルなのです。カダル様の能力は。それを上の方々はわかっていなかっただけです」

かつてのダメスキルでは、対抗し得ない相手だったが、今の俺にはなんの問題もなかった。

凍りついて砕ける6位と、消し炭になる8位を見届け、俺はその場を離れた。

仲違(なかたが)いした継承者がふたり、相打ちで死亡したという報告は、しばらくして国中に広まった。

そして、その一件で暗躍していたのは俺であるという噂話も次第に流れ始め、また俺の勢力へ人が集まってくる。

こうして俺は着々と、本格的に上を目指す準備を進めていった。

こんなにうまい具合に話が進むのは気持ち良い。

だがその分、ものすごく忙しくなっていった。

前のようにダラダラとした生活ができるわけもなく、朝から晩まで書類仕事やら会合やらで、へとへとになる。

そんな多忙の中で、最近唯一の癒やしの場となっているのは――。

「ふぃぃぃ～～……」

温かいお湯をかぶると、湯気に包まれて全身の筋肉が一気にほぐれる。

そう――今は風呂が一番の、癒やしの場になっていた。

「あぁ……。しかし、最近は本当に忙しいな……」

食事の時間もあまりとれないほど忙しく、日中のスケジュールはびっしりと詰まっている。

それにあまり気の休まる時間がないため、全身の筋肉がこって仕方ない。

最近は仕事だけで夜も遅くなってしまうため、イサーラのご奉仕もないので、余計に疲れてしまっている気がする。

「はぁ……イサーラが来ないかな……」

「呼びましたか？　カダル様♪」

「えっ!?　おおっ!?」

まったく警戒していなかった背後に、いつの間にかイサーラが立っていた。

しかも、なぜか裸だ。

「どうしたんだ？　いつもなら俺が誘っても、明日に影響するからと断っていたのに……」

「あれはしかたのないことです。ここでしっかりとがんばっておかないと、さらに上を目指せませんでしたから……」

そう言いつつ、イサーラが俺の背中にピッタリと身体を寄せてきた。

「お、おい？　なんかものすごく良いものが当たっているんだが？」

「んんぅ……最近のがんばりで、かなりお疲れのようでしたから……ですから、今宵くらいはしっかりと私が癒やして差し上げようと思いまして、こうして来たのです」

「なるほど、そうか……」

どうやら、ねぎらってくれるようだ。

がんばっていれば、たまには良いこともあるものだ。

「そういうことだったらさっそく、甘えさせてもらおうかな」

「はいっ♪　カダル様♥」

こうして湯気の漂う温かい風呂場で、急遽、久しぶりにイサーラの奉仕が始まった。

「……どうですか？　カダル様。かゆいところなど、ございませんか？」

「ああ、大丈夫だ」

石鹸をたっぷりつけたイサーラが、俺の背中を撫でるようにして洗う。

「それにしても、気持ちいいな。このスポンジは」

それは柔らかいが、明らかにスポンジとは違う弾力があり、とても暖かい。

「んくっ、んあっ、はあぁ……喜んでいただけて、よかったです♥　んんぅ……あふぅ……ああんっ♥」

悩ましげな吐息を漏らしつつ、俺に身体を押しつけながら、上下にゆっくりと動いていく。

「んくっ、はあぁ……カダル様の背中って、広いのですね……んんぅ……こうして洗っていて初めて知りました……はあっ、あんんぅ……とても頼りがいのある、素敵な背中です……♥」

「そうか？　まあ俺も、イサーラの胸の凄さを改めて感じていたところだ」

背中で感じる胸の感触は、揉むのとは違って、かなりの弾力と暖かさが伝わってくる。

硬くなった乳首が行き来するのも、意外と心地良い。

見てもよし、触ってもよしの爆乳は、洗い心地も良いということを、初めて知ることができた。

「んんぅ……すごいのはカダル様のほうです……はあっ、はんんぅ……触れていると、どんどん身体が火照ってしまいます……んんぅっ♥」

「ん？　ほうほう……」

それにしても随分と押しつけてきている気がする。

特にコリコリの乳首を、上下するたびに丁寧に、きちんと俺に擦りつけてきていた。

「はあっ、はぁ……あんんぅ……んっ、んあぁんっ♥　あんんぅ……」

多分これは、イサーラも感じて楽しんでいるに違いない。

それに気づきながらも、紳士な俺は指摘せずに、そのまま放っておいた。

イサーラだって、性欲の赴くままにしたいときもあるだろう。

「はうっ、あんんぅ……ああっ♥　んくぅ……本当に、ただ洗うだけのはずだったのに……あううぅ……どんどん、洗いたくなってしまいますぅ……んんぅっ♥」

かなり感じて興奮してきたのか、胸だけでなく、腹や股間までも押しつけて洗ってくるようになった。

「はあっ、はぁ……あんぅ……どうでしょう？　あんんぅ……もう、きれいになってきていると思うのですが……ああんっ、はううぅ……」

「うん？　う～ん……」

このまま切なくさせたまま、燃え上がらせるのも良いが、あんまり放っておくのも、少し可愛そうだ。

「か、カダル様……んんぅ……そろそろ、洗うのはこれくらいで……んんっ、はあぁ……あまり長いとのぼせてしまいますから、上がりましょう……んんぅ……」

どうやら、イサーラ的には上がってからベッドで、本格的なご奉仕をしたいようだ。

「よし、わかった」

「あっ！　はいっ♪　ではすぐに、泡を洗い流しますので――」

そう言って、湯を取ろうとする彼女の手を掴む。

きゅっ！

「えっ!?」

「いや、泡なんてどうでもいい。それよりも、すっかりきれいにしてもらったからな……今度はこちらから洗ってやる」

「んんぅ……カダル様に洗ってもらえるのは嬉しいですけど、でも私のほうは後からでもできますし……」

多分、イサーラの本心としては、早く浴室から出て入れてほしいのだろう。

「もちろん、俺のここでだけどな」

掴んだイサーラの手を、俺の股間に持っていき、ギンギンの肉棒を掴ませる。

「あっ♥　んんぅ……ふ、触れただけで、熱く濡れてしまいますぅ……♥」

うっとりと微笑み、ぎゅっと内腿を閉じるイサーラの脚は、軽く震えていた。

「そうと決まれば、すぐに洗うぞ！　こっちだ」

その実にいやらしい様子を見ていたら、むしろこちらのほうが興奮してきてしまった。

「きゃっ!?　ええぇっ!?　まっ、待ってくださいっ……あうっ……」

イサーラの手を握って、強引に湯船へと向かう。

「そこに入ったら泡が流れ落ちて、混ざってしまいますが……」

「だから泡なんて関係ないって言っているだろう？　それにイサーラはこんな状況で、ベッドまで我慢できるのか？」

「あうっ!?　そ、それは……」

「だったら、素直に俺に従えばいいんだ。ほらっ」

「そ、そんな……あっ！」

ざぶんっ！

イサーラを受け止めながら、ふたり同時に、向かい合って湯船へと豪快に入った。

「んんぅ……泡がすっかり流れてしまいました……あうっ!?　カダル様、なんでそんなきつく抱きしめて……あんっ♥」

「ははっ。これでもう放さないぞ。それじゃ、さっそく……」

「ええっ!?　ほ、本当にお風呂へ入ったままでっ!?　あくぅ……んんんんぅっ♥」

戸惑いながらも拒否することなく、イサーラは俺の亀頭をすんなりと受け入れる。

「はぐぅ……くうっ、んはあぁぁっ♥　ああぁ……もうそんなに深く入ってきてしまってるなんて……あんんぅ……しかも、いつもより熱くなっている気がします……はあっ、あんんぅ……」

「ん？　そうか？　まあ、湯に入りながらだからな。おっと……そっちも随分と欲しがってくるじゃないか」

今までの胸の快感で、すでにでき上がっているらしく、入れただけの肉棒を膣口がきつく締めあげてくる。

「それじゃ、お待ちかねのイサーラのマンコを、しっかりと洗ってやろうなっ」

「ふああぁんっ♥　あっ、はいぃ……んんぅっ♥」

下半身に力を漲らせ、硬くした肉棒でイサーラの膣壁を擦るように、わざと当てながらピストンし始める。

「んぁっ♥　ふぅ、ん、くぅっ……まるで私の中をえぐるように、出っ張りがいっぱい引っ掻いてきますっ♥　あっ、んあぁぁっ♥」

湯気の立ち込める浴室内に、彼女の嬌声が反響していく。

「あぁっ……♥　ん、はぁ、んあぁっ♥　やんぅ……お湯が波打って……こぼれてしまいます……ふああぁっ♥」

俺が腰を振るのに合わせて水面も動き、イサーラのおっぱいがそれにつられて揺れていった。

「はうっ、んんぅっ！　あんっ、そんな見つめないでください……あうっ、あんぅ……気になっちゃいます……あぁっ♥」

「はは、それは無理だな。こんな良いものを見ないでするなんて、できるわけないだろう」

波紋と共に柔らかさそうに揺れる胸に、つい目を奪われてしまう。

その間にも彼女は淫らに腰を振り、膣襞が吸いついてきた。

「んぅっ、ふぅっ、あ、あぁ……♥」

彼女の嬌声と、ちゃぷちゃぷという水音が響いていく。

「んっ。んんぅ……はしたない音を出してしまって……はっ!? あっ、ダメっ、いけませんっ……

あんんぅ……こ、こんなに声を出させないでください……んくぅ……」

自分のエロい声に気付いたのか、急に艶声を抑えようとこらえる。

「ん？ どうした？」

「あうっ、んんう……ここはとても声が響くのです……ですから、今の私のいやらしい声を、絶対
に誰かに聞かれてしまいますぅ……んんぅ……」

「いや、いまさらだろう？ それに聞かれて困るものでもないじゃないか。イサーラは俺のものだ
からな」

「ふあぁぁんっ!? あうっ、んくぅ……それはうれしいのですが、でも……んんぅっ！ あっ、あ
あぁっ♥」

かなり珍しく抵抗し、声を押し殺そうとする。

不思議に思いつつも、腰の動きはまったく衰えさせる気はなかった。

「もしかして、最近エロくなりすぎてきているのを、気にしているのか？ そんなことは気にする
な。そういう女はズバリ俺の好みだから問題ないぞ？」

「は、はうぅ……そ、そういうことではなく……こういう事をしているのが恥ずかしいのです……んあっ、はんんぅ……このあと、他の使用人達と顔を合わせるとき、どんな顔をして会えというのですかっ……んくぅ……はぐっ、んくぅ……」

やや怒り気味でそう訴えてきてはいるが、身体のほうはあいかわらず、俺にしっかりと密着してきていた。

「ははっ。イサーラもそんなふうに思うことがあるんだな。てっきり他人には興味がないのかと思ってたんだが」

「んあっ、あんんぅ……一般的な付き合いくらい私もありますから……んんぅ……他の使用人との連携は当然しないといけないですし……あうっ、んくぅ……」

「確かにそうだな……でも堂々としてればいいさ。なにか言ってくるやつがいれば、俺がどうにかしてやる」

でも多分、俺とイサーラの関係はすでに周知の事実になっているので、なにか言い出すやつはいないはずだ。

「んくぅ……それは嬉しいですけど……はうっ、あんんぅ……でもやはり恥ずかしいのです……んぅ……ですから、とにかくあまり声を出してしまうような、激しいのは控えてください」

「イサーラから誘ってきたのに、それはないだろう?」

「そ、それは、まずお体を洗わせていただき、上がってからベッドへ行く予定でしたから……っんんっ、はんぅ……まさかここで始めてしまうとは思わなかったのです……」

やはり初めはそういう考えだったようだ。

でもあそこまで挑発しておいて、我慢できるはずがない。

「うむ……そうか。まあ。それなら仕方ないな」

「あんぅ……カダル様、わかっていただけましたか？」

「ああ……じゃあ、声を我慢してもらうしかないなっ」

「ええっ⁉　そんなっ……はうぅんっ⁉　んあっ、やうぅぅ……そんな急にっ……ひゃぁぁんっ⁉」

奥のほうまでみっちりと肉棒を押し込めながら、水中で力いっぱい腰を振りまくる。

「うあっ、やんんぅ……こ、声……気持ちよすぎて出ちゃいますぅ……あうっ、んはぁぁんっ♥」

我慢していたのは、ほんの数回のピストンの間だけだった。

「はうっ、くんんぅ……ああっ、やだっ……もう我慢できないぃ……んあぁぁっ⁉　あうっ、くううんっ♥」

彼女の声と一緒に、水音も大きくなっていって、まるで水遊びをしているようだ。

「あっ、あうっ、んんぅ……ああんっ♥　カダル様っ、来すぎですぅ……奥のほうまでっ、いっぱいこじ開け過ぎですぅっ♥　んあっ、はあぁんっ♥」

湯に浸かって血の巡りが良くなっているせいか、余計に感じやすくなっているみたいで、俺の限界がいつもより早く来てしまいそうだ。

もちろんそれは、イサーラのほうでも同じだった。

「ああ、もうどうでもいいですっ……誰に聞かれても、どうでもいいくらい、気持ちいいぃ……ひゃあぁぁんっ!?」

ぐにゅむっ!

「おお……子宮口のお出迎えだなっ」

「んいっ、ふあぁぁんっ♥ あっ、熱い先がっ、私の奥を、いっぱい押してきてますぅ……んんっ♥」

かなり感じているようで、亀頭に子宮口が吸いついてくる。

しかし、それが引き金になって、もう俺も我慢ができない。

「くぅ……出るっ! 出すぞっ、イサーラ!」

「はあっ、はうっ、んんうっ! はいぃぃっ、いっぱい注いでくだしゃいぃ……カダル様の熱い子種を私にぃ……あっ♥ ああっ♥」

ドビュルルルッ! ビュクッ、ビュクッ、ビュクルルルル〜〜〜〜ッ!!

「ふあああぁぁっ♥ 出されてまたっ、とびゅううぅぅぅぅっ♥」

少し妙な言葉遣いになりながら、イサーラも絶頂して身体を震わせた。

「んくっ、ふはあぁ……ああんっ♥ お腹の奥でぇ……すごい勢いで出てますぅ……んんぅ……少し予定と違いましたけど、満足していただけたみたいですね……あふっ、んはあぁ……♥」

「ああ、それはもう……しかし、最後のほうは、なんだか可愛くなっていたよな? イサーラ」

もちろん聞き逃すはずもなく、俺は指摘する。

そこにはもう紳士の姿などない。

「んんぅ……何のことでしょう? あんぅ……反響して、少しおかしく聞こえただけではないです

か？」

「なんだ？　照れてるのか？」

「照れてませんからっ。ただ、そういう噂が立ったら、私の立場がないだけですっ」

「わかったわかった。内緒にしておくよ」

「だから、別にろれつが回らなくなったことなど、ありませんからっ」

「そうだな。俺はただ、可愛くなったと言っただけなんだけどな」

「あっ⁉　っ〜〜〜っ‼」

やっと気付いたのか、イサーラは耳まで真っ赤にして、ぷいっと顔を背けて浴場を急いで出て行ってしまった。

「うむ……やはり可愛いな」


しばらくして、俺の継承順位が5位になったという連絡が、耳に入ってきた。

それはつまり、最初は20人以上いた継承候補者も、今では半分以下になっているということだ。

それまでにどれだけの血が流れたのかわからないが、その全てが命を落としたわけではないだろう。

その証拠に、第3位のベネノが、敗北した継承者周りの勢力を積極的に取り込んで、急激に拡大しているそうだ。

ここで、軽く整理しておきたい。

今、大きな力を持って争っているのは、３名。

王の第一子、つまり長男である。

最初から圧倒的な支持者を持ち、今でも堂々の継承権1位であり続ける、ローシだ。

しかし唯一の欠点としては、傍系だということだった。

そして第二子、次男ではあるが、直系としては最初の男児であり、王としての力を十分に持つ、順位2位のホズン。

彼は俺の実の兄だ。ただ、年齢もかなり離れているため、実際に会って話したことは数回しかなく、ほとんど疎遠だった。

なので、きっと継承者争いに関しては、兄弟といえども容赦してこないだろう。

そして、王の第三子、長女である、継承3位のベネノ。

彼女もまた傍系だが、スキルの優秀さによって幼い頃から取り立てられていた美女だ。

この三大継承者が、崩せない牙城として目立ってきた人物たちだ。

それらを相手に戦うとなると、正直まだ、俺には力が足りないだろう。

もっと決め手になるような一手がほしいところだった。


「――というわけで、こちらは本物になりますので、安心して開けてください」

「そうか。ついに来たか……」

イサーラから手渡されたその手紙は、現在第４位であるクリシスからの正真正銘の親書だった。

第二章　頼れる仲間は甘えん坊

クリシスから届いた親書に書かれていたことを要約すると、元々、自分は王位の継承に乗り気でない……ということのようだった。

継承権の争いについても、攻められたときのみ反撃はしているが、戦うつもりがないこと。

そして何よりも、俺――カダルが本気で王位の継承を目指すのならば、自分はその下について応援をする、と。

書かれている文字はやや丸みを帯びて、親書としての体裁は整っているが、可愛らしさの滲んだものだった。

おそらく、誰かに代筆させたものではなく、クリシス本人が書いたものだろう。

個人的には、書かれている内容に嘘はないと感じているし、彼女の提案を受け入れるべきだと思う。

だが俺は、王位を目指してはいても、独裁者となるつもりはない。

信頼できる部下や新たに従えた地域の統括者、そしてクリシスの領地の情報を持っている者達を集め、彼女から親書が届いたことや、その内容について公開して会議を行うことにした。


ダメスキルが覚醒した皇子、王位争いで大逆転!?

「……ということで、俺としてはクリシスの提案を受け入れようと考えている」

そう告げると、集められた面々はそれぞれの考えや立場から発言を始めた。

「お、おやめください、カダル殿！」

「これは絶対に怪しすぎますぞっ！」

「無視しておくのが、一番でございます！」

「私は彼女の提案を受け入れることに賛成いたします」

「これは罠だろう？　さすがにこのタイミングで継承権の上位が、自ら配下になる理由がない」

侃々諤々（かんかんがくがく）の議論が行われているのを、俺は黙って見つめていた。

……比較的、反対意見が多いな。

それ自体はいい。俺の意見に唯々諾々（いいだくだく）と従うだけの人間ならば、この場に呼んでも意味はない。

阿諛追従（あゆついしょう）をするだけの貴族など害でしかない。

だが、いくら意見を口にすると言っても、感情的なだけで意味のないことを並べ立てている人間も不要だ。

しかし……自分が提案をすれば、その責を負うことになるからだろうか。

相手が王位継承権を持つことにも配慮してか、建設的な意見も出てこないな。これだけの人数が集まっているのだ。役立つ意見もあると思ったのだが……結局は感情論ばかりだ。

俺が求めている意見ではない。

なぜ、彼女を受け入れないほうが良いのか、それとも敵対をするべきなのか？

なぜ、親書の内容が疑わしいと思うのか？　その理由は？

クリシスを迎えたのなら、その後の短期、中期、長期の目標はどうすべきなのか？

考慮することはいくらでもある。

どうして、そのことに触れない？　触れることを怖れているのか？　責任逃れの発言も、他者に押しつけるような提案も、どちらも不要だ。

まだ寄せ集めでしかない俺達が、それぞれに自分の利益を優先している状態なのはしかたない。

だが、こんな結果では会議とは言えない。ここにいる者達の意見を聞く必要を感じられない。

もし本当にクリシスが罠を張り、手ぐすねを引いて俺を待っているのならば抵抗は無意味だろう。

そうでなくとも、彼女のスキルのこともある。

まともに正面から戦いを挑んだところで、勝機はない。敗北は確実だろう。

そうなったとき、目の前で声高に反対意見を口にしている連中は、新たに得た立場や財産だけでなく、自身の生命も失うことになる。

「……そうか。みなは反対なのだな？　もし、これが嘘偽りなく、彼女が合流を望んでいることがはっきりした場合、反対した者達には、相応の責を負ってもらうが、意見は変わらないのだな？」

集まった面々を見回しながら、そう尋ねた。

苦々しそうに顔を歪める者。視線を逸らして体を縮こまらせている者。怒りからか顔を赤くする者もいる。

今まで、冷遇されていた地方の貴族や、力のなかった者達だ。

クリシスが合流すれば、当然、彼女の臣下も仲間に加わる。

自分達よりも上位の貴族や、力のある者に今いる地位を奪われると思っているのかもしれない。

——愚か者を見付けるには、小さな権力を与えるとよい。

そんな言葉を誰かが言っていたな。今、痛いほど実感している。

「どうした、先ほどまであれだけ熱心に討論を交わしていたようだが、なぜ黙っている？」

「……今は時間を稼ぐべきでしょう」

「正面から戦っては勝てない相手だ。敵対はすべきではないだろう」

「カダル様が王位につくため、クリシス様のご提案を受け入れたフリをした上で、彼女を呼びだし、暗殺をしてはいかがでしょう？」

「彼女がいなければ、後は烏合の衆。我らで蹴散らしてやりましょうぞ！」

「広大な農地を持ち、国の食料庫ともいわれている地域です。手に入れれば、カダル様の王位はさらに盤石のものとなりましょう」

「やはりどうにかして亡き者として——」

再び、貴族や地域の代表者達が意見を口にし始める。

しかし、先ほどと内容が変わっている。

クリシスのスキルは有名だ。彼女を暗殺することなど不可能なのだ。

元々、その程度の情報も集めていなかったのか？　暗殺など、できると思っているのだろうか？

それに、俺は一度でも彼女の暗殺など望んだりしていない。

最初に、彼女の提案を受けるつもりだと話したはずだ。

……この程度か。

人材の選別と育成は急務だな、と内心で考えながら、俺は再び着地点を失ったように右往左往する議論を聞いていた。

俺は独裁者になる気はない。その考えに変わりはないが、このような会議が無意味だというのは、はっきりした。

たしかに俺達にとって、願ってもない申し出ではあるし、タイミングが良すぎる。

普通ならば罠を疑うだろう。

だが、俺はそうとは思わなかった。

幼かったとはいえ、俺をあれだけ慕ってくれたクリシスが、そこまで変わってしまったとは思えなかったし、思いたくもなかった。

「……もう良い。議論はここまでだ。俺がクリシスと会って、彼女の真意を確かめる」

「カダル様、ご再考を！」

「クリシス様を亡き者にするのでしたら、我らがお力添えをいたします！　ぜひ、おそばに仕える栄誉を――」

「愚か者が！」

思わず怒りが声に滲んだ。

それだけで、強気で発言をしていた貴族のひとりが青ざめる。

名前を覚えておこう。短絡的に暴力で解決をしようとする者はいらない。

「彼女は本気でこちらとの友好を考えているはずだ。俺がこの会議で聞きたかったのか、クリシスを迎えるかどうか。そして、迎えたのであれば、今後どのようにしていくかということだ。彼女を害そうなどとは思っていないし、もし彼女に傷一つ負わせたら……犯人をかならず捜し出し、一族郎党、根絶やしにしてやる」

俺がそう告げると、会議室は静まりかえった。

このまま、ただ反対意見を口にした者達を放置すれば、せっかくの勢いを殺し、派閥の中でくだらない権力争いがおきかねない。

そんなわけで、クリシスとの会見の場所はこちらが指定し準備する……ということでこの場は妥協し、会議を打ち切る。

結果的には、俺の屋敷に招待する形でクリシスを迎え入れることになったのだった。


クリシスとの会見の当日。

彼女を出迎えるために、屋敷の前へと向かう俺に、イサーラが問いかけてきた。

「……カダル様、本当によろしいのでしょうか？」

「反対か？」

「反対ではありません。ですが、クリシス様が昔と同じままとは限りません、警戒をする必要はございます」

イサーラの言うことも、もっともだ。

子供の頃から知っている相手ではあるが、離れて過ごしていた数年の間に、気持ちが変わっていないとは限らない。

特に今は王位継承をめぐり、兄弟間であっても血で血を洗うような闘争中だ。

彼女の周りにも権力に、財力に、目がくらんでいる多くの貴族達が集っているだろう。

そいつらが、年若い彼女に何を吹き込んでいるのか、わかったものではない。

それはわかっている。わかっているが……。

「俺の知っているクリシスならば、騙しうちのような真似はしないだろう……甘いとは思うが、彼女を信じたい」

あの頃だって、幼いながらにも聡明な少女だったと思う。

「カダル様らしいですね」

そう言って、イサーラは苦笑する。

「心配をかけてすまないな」

「いえ、そういうカダル様だから、私達は共にいることを選んだのですから」

そんなふうに覚悟を決めて、彼女が来るのを待っていたのだが……。

やってきたのは、たった一台の馬車だった。しかも、伴っている護衛は騎馬のふたりだけ。王族としては最低限とさえいえない少人数だ。

「……あれに本当にクリシスが乗っているのか？」

「はい。そのはずです」

イサーラも予想外だったのか、やや戸惑っている。

馬車は造りこそ丈夫そうだが、武装をしている様子もない。

他の継承者に襲われる可能性もあるというのに……。いや、そうか。

彼女のスキルならば、少人数のほうが都合がいいのかもしれない。

「他の馬車や、影の者がついている様子は？」

「……ないようです」

戸惑ったように、護衛の兵士が答える。

彼女が来ることになってから俺達は、領内の治安維持のために警備を強化し、巡回ルートの整備をし、回数も増やした。

なので、他国の人間がやってくれば、俺に報告が来ないはずがない。どこかに別働隊がいるとも思えないな。どこかに待機させているということさえ、ないだろう。

「そうか。ならばほんとうに、彼女はあの一台だけでやってきたのだろうな」

「王族……しかも、継承権の上位の方がですか？」

信じられないとばかりに目を見開いている。

まあ、そうだろう。俺でさえ、公式に移動をするとなれば、もう少し荷物も護衛も多くなる。

だが、俺はこの時点でもう、クリシスが変わっていないと信じた自分の判断が間違っていなかったことを確信した。

さて、それならば今の彼女に会うのだ楽しみだ。

俺に懐いていたころは、幼さの残る顔で、笑うととても愛らしい少女だった。

そんなクリシスが、今はどんなふうに育ったのか。

少女に気概で負けるわけにはいかない。俺も護衛を減らして前に出る。

出迎える俺達の前に馬車が止まると、先導していた護衛がまず馬から下りて、俺に向かって深く一礼をする。

「お出迎え、感謝いたします。我が主、クリシス＝ショウ・ガスラ・イス・ラカファ様――」

まずは、儀礼的な挨拶だ。護衛が貴人の名を継げ、主人への先触れをしていた最中だったが……。

そこで馬車のドアが勢いよく開いた。

「お兄ちゃんっ♪」

「え？　おおおぅっ!?」

馬車から飛び出すように出てきた美少女が、俺の胸に飛び込んできた。

あまりに無防備に、当たり前のように近づいてきたので、俺もイサーラも、護衛もまったく反応できなかった。

視線を向けると、一緒に乗っていたであろう侍女は天を仰ぎ、護衛達は諦観めいた苦笑を浮かべている。

「えへへっ、カダルお兄ちゃんだ～。久しぶりっ」

俺の胸に頬を擦りつけるように甘えてくる。

そういえば、昔もよくこんなふうに甘えてきたっけ。懐かしく思い出す。

「クリシス、大きくなったな」

最後に会ったときはまだ、跪（ひざまず）かないと目線の高さが同じにならなかったほどに小さかった。

だが、今、目の前にいる彼女の頭は俺の肩くらいまでの高さがある。

「むー。大きくなっただけ？」

「ああ、いや、綺麗になった。もう、立派な淑女だな」

嘘やお世辞ではない。

柔らかく舞う、腰まで届きそうな金の髪は日に透けて輝き、新緑を思わせる瞳は喜びに輝いている。

こうして抱きつかれて気付いたが、子供の頃に比べて、十分に女性らしい曲線を描いているようだ。

とはいえ、いきなり駆け寄って飛びついてくるようなおてんばさは、子供の頃のままだけれど。

「えへへ……お兄ちゃんこそ、すっごくかっこよくなったねー♪」

「そうか。クリシスにそう言われると、悪い気はしないな」

「本気でそう思ってるんだから、もっと喜んでもいいんだよ？」

くすくすと笑いながら、俺の胸に鼻先を埋めるように抱きついてくる。

「んふふっ♪　お兄ちゃんの匂いだー……す～は～～っ♥　すごく落ち着く～～～♪」

匂いを嗅いだり、顔をグリグリと胸に擦りつけてきたりと、まるで子犬のように、身体で喜びを表してきた。

こうして久々の再会に喜び、かつてと同じようになついてくるクリシスを見て、周りの緊張感も一気に解けた。

「んんぅ……はぁ～～♪　夢にまで見たお兄ちゃんとの再会が、やっとできたんだね……はぁぁ……すっごく長かった……」

「え？　あ、ああ……そ、そうか……」

成長した身体を押しつけてくるのは、微笑ましいを通り越して、色々な意味でちょっとアブナイ気がする。

「喜んでくれるのは嬉しいが、淑女としてはあまりよくないぞ？」

「わたしとお兄ちゃんだけなんだし、いいじゃない」

「いや、他にも家臣達がいるだろう？」

「イサーラはお兄ちゃんの信頼しているメイドでしょ？　こっちも、わたしが本当に信頼できる人間だけしか連れて来ていないから、何をしても、言っても平気だよ♪」

「そ、そうか」

子供のままだと思ったが、そういうところは少し変わったのかもしれない。

たしかに、これだけ自由奔放に振る舞っているが、誰もクリシスを止めようとしていない。

……諦めているんじゃないよな？

そんなことを考えてチラリと視線を向けると、護衛も侍女も困ったように視線を揺らした。

「再会を喜んでくれるのは嬉しいが、そろそろいいんじゃないか？」

「はーい。残念だけど、今はこれくらいで我慢します。ごめんなさい、お兄ちゃん」

「いや、俺も嬉しかったからな。わかってくれればいいんだ」

つい昔のクセで頭に手を置いて、軽く撫でる。

「あ……えへへ♪」

クリシスは目を細めて、幸せそうに微笑している。

「カダル様、クリシス様。積もるお話もあるかと思います。このような場所ではなく、お部屋でお話をなされてはいかがでしょう？　お茶のご用意もできております」

イサーラがそれとなく誘導してくれた。

「そうだな。案内するよ。そこでゆっくり話をしようか」

「ふふっ、うんっ♪　しよっ、しよっ！　ね〜〜♪」

こうして、その後も俺の腕にべったりと抱きついたままのクリシスを連れ、部屋へと向かった。

本来は会談用の場所を用意していたのだが、クリシスの希望で俺の私室で話をすることになった。

「へえ〜、ここがお兄ちゃんの暮らしてるところなんだ」

「ああ、そうなる」

「それで、これからわたしが住むところになるんだね〜」

「ああ、そう……え？」

「んふふ♪」

クリシスは楽しげにあちらこちらを見て回っている。

今、わたしが住むところって言ってたよな……？

「屋敷の探検なら後でゆっくりするといい。まだ新築でもあるから、いろいろと面白いものもあるぞ。長旅で疲れただろう？　まずは座ったらどうだ？」

「うん、そうするねっ♪」

そう言いながらも、クリシスは俺の隣に腰を下ろすと、腕を組むように抱き着き、頭を肩に寄せてくる。

「クリシス、その……隣でいいのか？」

「うんっ♪　だってここじゃないと、お兄ちゃんに抱きつけないでしょう？」

話をしにくいのでは？　というつもりだったのだが……。

「それに、こうしていると旅の疲れもなくなっていくし」

そんなふうにクリシスとやり取りをしている間に、イサーラがお茶と菓子をテーブルに並べていく。

「お茶の用意が調いました。この茶はカダル様も気に入っております、この地方のものとなります」

「え？　お兄ちゃんが好きなお茶なの？」

「あ、ああ、そうだな。よかったら……ああ、そうか。クリシス、必要なら毒味――」

「あ、これおいひいね」

毒味をしようとしたのだが、クリシスはそんなことを気にもせず、お茶を飲み、お菓子を頬張っている。

いくらなんでも無警戒すぎないか？

控えている侍女と護衛に目を向けると、どうやらこちらも驚いているようだ。

……なるほど。普段からこんなふうにしているわけではないのか。

それほど、俺のことを信頼しているということか。

「クリシス、気に入ったのなら、もっと用意してもらおうか？」

「いいの？　もうすぐ会えるからって、今日は朝からずいぶん急いで来たから、ご飯も食べてなかったの。ありがとう、お兄ちゃんっ♪」

「……イサーラ、頼めるか？　護衛や侍女達も、よければ交代で食事をしてくれ」

「お気遣いに感謝いたします」

「ありがとう存知ます」

護衛と侍女は深々と頭を下げると、とくに抵抗もせず部屋から出ていった。どうやら主（あるじ）の様子を見て、クリシスを俺に任せることに決めたようだ。

「では、クリシス様。お菓子だけでなく軽食もご用意いたします」

って いく。

「ありがとう」

しばらくはお茶や軽食を楽しみながら、他愛のない話をした。

だが、お互いに継承権争いと無縁ではいられない立場だ。やがて、話題は自然とそちらへと向かっていく。


「……ほんっとーに、大変だったんだよ？」

先ほどよりも、口調がやや幼くなり、さらに甘えるように俺に寄りかかってくる。

「そうか。苦労したんだな」

労るように再び頭を撫でてやると、彼女は幸せそうに目を細める。

「こうしていると、小さな頃を思い出すね」

「そうだな」

昔となにも変わらずに慕ってくれるクリシスとのことを、懐かしく思い出す。

「あまり、お兄ちゃんには会えなかったけど、今みたいなのよりずっと良かった」

「そうだな」

「なんで王位なんかのために争うのかな？　わたしは、ただお兄ちゃんと前みたいに仲良くしていたいだけなのに」

「……クリシスの周りに、王位を目指せというやつがいるのか？」

「そんな貴族ばっかりだよ。あと、他の継承者の悪口ばかり」

「どこもあまり変わらないんだな」

継承権が上位になるにつれ、俺と同じように襲撃されることもしばしばある。小競り合いからそれなりの規模の争いまでを、彼女もきっと経験しているはずだ。

そんな危険な目に遭いながらも、無事に4位にまで登りつめたのは、クリシスのスキルが、向けられた攻撃をすべて跳ね返す『絶対防御』だからだろう。

可憐な少女とはいえ、暗殺は不可能。

血筋という意味では彼女は傍系、しかもやや遠いところにいるが、そのスキルは強力で有用だ。だからこそ、継承順も俺に比べて、元からかなり高かった。

とはいえ『絶対防御』は、物理的な攻撃を防ぐことができても、精神的なものには対処が難しい。若い女性を侮る輩にすれば、簡単に自分の思うままにできるだろうと考えることもある。愚かな貴族や、近寄ってくる不埒な男も少なくなかったようだ。

「近づいてくるのは、わたしを利用しようとか、甘い汁を吸おうとしているような人ばかりだし、愛してるとか好きとか言ってくる男はみんな、わたしを利用しようって感じのばっかりだし」

「それは……大変だったな」

継承権の順位の差か、スキルの差か。どちらにしろ、気を抜けるときも、心穏やかに過ごすことができる時間も少なかったようだ。

クリシスの愚痴めいた話を聞きながら、優しく頭を撫で続ける。

「……ねえ、どうしてお兄ちゃんは王位を目指すの？」

「俺は、領地に引っ込んで、のんびりしていたかったんだが……イサーラが襲われたんだ。そのときに、彼女を守って護衛隊長が命を落とした」

「え……？」

「俺もクリシスと同じようなものだよ。ただ、のんびりと過ごしていたかったのに、それを許されなかった」

「そっか～。お兄ちゃんは王位に興味を持つような人とは思えなかったに、いきなり行動し始めたって聞いたから、変だと思ったんだ」

納得したように、何度も頷いている。

「お兄ちゃん……本当は、今も王様になんてなりたいと思っていないでしょう？」

「……なんでわかったんだ？」

「ふふっ、お兄ちゃんのことだもん、わかるよ♪」

「だったら、どうしてそんな俺と合流しようと？」

「んー、わたしも王位とか、どうでもいいからかな」

「そうか……クリシスの言う通りだよ。俺は王になりたいわけじゃないんだ」

「ちゃんとした誰かが王位を継いでくれたのなら、それで良かったんだけどね～」

俺達は顔を見合わせて笑い合う。

「やっぱり、お兄ちゃんがいいな。ずっと、一緒にいるのは、お兄ちゃんがいい」

抱き着いていた腕にさらに力がこもる。

「クリシス……？」

「継承権の争いが起きてからはね、お兄ちゃんのことばかり考えるようになったのは、そのせいもあるかも」

「俺のことばかり……？」

「王様になりたくないなんて、皆には言えないし、言ってもお兄ちゃん以外は信じてくれないと思って」

「俺も同じかもしれないぞ？」

「ふふっ、お兄ちゃんの嘘つきー♪」

クスクスと笑いながら、俺の言葉をあっさりと否定する。

どうやら俺がクリシスに感じていたのと同じように、彼女も俺を信じてくれていたのだろう。

離れた期間は長かったが、気持ちは通じ合っていたようだ。

「……まあ、そうだな。正直、王として生きていく重圧を考えれば、気楽な王族の、できるだけ端のほうで好きにやっているほうがいいからな」

「わたしも、同じ。でも、いくらそう言っても、兄弟は誰も信じてくれなかった」

「……そうだろうな」

「だから、お兄ちゃんに手紙を出したの。会いたいって、一緒にいたいって」

「そうだったのか」

「お兄ちゃん、すぐにお返事くれたでしょうっ！　しかも、会ってくれるって！　もうっ、すっごく嬉しかったんだよ～～っ♪」

全身で喜びを表すように、クリシスは痛いくらいに強く抱き着いてくる。

「だから、すぐにお兄ちゃんに会いたくなって、ものすごく急いできちゃった♪」

それが侍女と護衛の数が少ない理由か。領地だって、そこそこ離れているのに。

「……まさかとは思うけれど、護衛の家臣達以外に内緒で来たりはしていないよな？」

「そんなことしたら、お兄ちゃんのところと争いになるかもしれないでしょ？　誘拐されたとか、だまされたとか言いだすよ。ちゃんと話してきてあるよ」

そう聞いて、俺は少しばかりほっとした。やはりクリシスは、聡明なところがある。

「でも、そのせいで、反対されたり、邪魔されたりで大変だったんだよ〜」

今まで溜まっていたものを吐き出すかのように、途切れることなく話し続ける。

「ああ、うん……そうか、そうか……」

こんな歳でも派閥の長となると、色々とあって気楽に相談や話をできる者が少ないんだろう。

「……だからわたし、本気で継承権を放棄したいの。お兄ちゃんに、その権利をもらってほしい……ダメかな？」

クリシスの腹はすでに決まっているようだ。

「クリシスはそれでいいかもしれないが、従っている貴族や部下達はどうなんだ？」

「文句がある人は、他の継承者についても、おとがめなしって伝えてあるから。残っているのは、わたしの考えに賛同してくれた人達だけだよ」

「……そうか」

「最後の確認だ。クリシスは本当に王にならなくていいのか？」

「なりたくない。そういう気持ちは、お兄ちゃんはよくわかっているでしょう？」

クリシスは、昔から心優しい女の子だった。

誰であっても、傷つくことなく、傷つけることなく、仲良くできればいいのにと言っていた。

もしかしたら、彼女のスキルはそんな想いから生まれたのかもしれない。

「……わかった。それじゃあ、クリシスを俺の派閥へ迎え入れよう」

「ありがとう、お兄ちゃん。これからもよろしくね♪」

そうと決まれば、すぐにそれを書面に残そうと言うことになり、あっという間に権利の移譲がなされた。

それからは歓迎と再会と共闘の祝いを行い、楽しく時が過ぎていった。


「ふぅ……」

宴も終わり、ほろ酔い気分で自分の部屋にたどり着くと、軽くため息をついた。

何かしらのトラブルはあるものだと覚悟していたが、まさかここまで順調にクリシスとの共闘が実現できるとは思わなかった。

武闘派の家臣の一部は離脱したとはいえ、彼女は継承権４位だったのだ。

彼女の派閥を受け入れたことで、今は俺が継承権４位になっているはずだ。

そしてそれは、単純な順位だけじゃない。勢力としてもかなり大きくなった。

これで本当に、玉座に手を伸ばすことができる。

ただ、あとの上位三人をどうやって倒していけばいいのかは、まだこれといった策が見当たらない。そもそもの規模が違う。当たり前だが、上位三人は破格の大勢力だ。

「う〜む……まあ、それはまたの機会に考えよう……」

今日はとても良い一日だった。

懐かしい彼女と再会し、その心根が変わっていないことを知ることができた。

思い出話をしながらする食事は、少しばかりくすぐったくもあったが、楽しい時間だった。

この心地良い気持ちのまま、ぐっすりと眠ろうと——。

コン、コン、コンッ。

そう思った矢先、部屋のドアがノックされた。この独特の調子のノックには聞き覚えがある。

「……クリシスか？　鍵は開いてるぞ」

ドア越しに声をかけると、そっと扉が開いた。ひょこっと顔をのぞかせたのは、予想通りにクリシスだった。

「お兄ちゃん。部屋に来たのがわたしだって、どうしてわかったの？」

不思議そうな顔をしながら、彼女が部屋へと入ってくる。

「さっき別れたとき、まだ話し足りなさそうな顔をしているような気がしたんだよ」

悪戯な彼女のことだ。なんとなく予感はしていた。

「えへへ。さすがお兄ちゃん♪」

にぱっと可愛らしい笑顔を浮かべる。

だが、その表情にはわずかな緊張があった。

「あのね……」

そう言って口を開きかけて、わずかに躊躇う。

「そんなところだと、話しにくいだろう？　ここへ来たらどうだ？」

そう言いながらベッドの横を軽く叩く。

「あっ……うんっ♥」

満面の笑みで頷くと、クリシスは俺の横に飛び乗ってきた。

「ごめんね、お兄ちゃん。本当は寝るところだったんでしょう？　こんなに遅い時間にきたら、やっぱり迷惑だったかな」

「迷惑だなんて思ってないよ。俺も、もっとクリシスと話をしたかったから、遊びにきてくれて嬉しい」

「えへへ……」

ふたりきりになったからだろうか。昼のとき以上に、クリシスはさらに甘えてきた。

ふたりだからできる思い出話をしたり、好きな食べ物や娯楽について語り合ったり、今まで会ってこなかった分を取り戻すかのように、楽しく語り合った。

「――お兄ちゃんって、すっごく優しくしてくれたよね。傍系のわたしでも、全然差別しないで接してくれたし……そういうところ、すっごく大好き！」

きゅっ……。

細い指の小さな手で、俺の手を握ってくる。

打算も計算もない、純粋な瞳が俺を写し出している。

「ありがとう。しかし、今のクリシスにそう言われると、なんだかすごく照れるな」

明け透けなその好意に、胸の奥が暖かくなった。

「……ねえ、お兄ちゃん」

先ほどまでと、わずかに口調が変わった。

「うん？　どうした？」

「お兄ちゃんって、わたしのこと……昔のまま、小さな頃のクリシスとして見てるよね？」

「そうか？」

「そうだよ！」

わずかに唇をとがらせながら、クリシスが訴えてくる。

「ごめんごめん。でも、淑女として扱うのならば、夜の寝室には招き入れることはできなかったぞ？」

「……男女の仲でない相手と、夜の寝室で一緒にはいられないから？」

「あ、ああ……そういうことだ」

クリシスがそんなことを言い出して、俺はやや動揺してしまった。

たしかに、彼女のことを子供扱いをしていたかもしれない。

「わかったのなら、今晩はこれくらいで——」

なんとなく気まずくなり、俺は話を終えて彼女に戻るように促し——。

「わたしだって、もう立派なオトナなんだよ？」

俺の言葉を遮って、クリシスがそう言った。

「クリシス……？」

「わかっていて、この時間にここへ来たって言ったら……お兄ちゃんは、どうする？」

俺をまっすぐに見つめるクリシスは、熱の籠もった熱い眼差しを向けてくる。

「自分が何を言っているのか、わかってるのか……？」

「うん。わかってるよ」

その言葉が事実だと証明するかのように、クリシスはただ抱きつくのではなく、胸を押しつけてくる。

女性特有の柔らかさと、甘いミルクのような香りが鼻をくすぐる。

出迎えで抱きしめたときに感じた、彼女の女らしい成長をさらにはっきりと自覚する。

しかし、まあ……さすがにそれでムラとしてはいけないだろう。

だがその自分の考えに、自信がなくなってくる。素直な下半身の反応を無理矢理に引っ込めながら、軽くあしらおうとした。

「は、ははっ、そうだな。こんなに背も大きくなったし……」

「だめだよっ？　ちゃんと見て！」

だが、クリシスは引かなかった。

「……あの頃はまだ小さくて、全然釣り合わなくて……だから憧れみたいな気持ちだったけれど、大人になった今は、はっきりと言えるよ」

「言えるって……」

「わたしは、お兄ちゃんのこと、好き。本気だよ？」

「え？　ほ、本気って……」

まっすぐ俺を見ながら、急に表情が変わった。

「子供の頃からずっと好きだったけど、今は妹みたいな女の子じゃなくて、ひとりの女として見てほしいの」

彼女が放つそのオーラのようなものは、とても真剣味があり、今までの雰囲気とは違い、まったく別人のように見える。

やはり場数を踏んだだけはある。

彼女はもう、幼く弱いだけの少女ではなくなっていたのだ。

「大人になった証拠に……わたし、お兄ちゃんに子供を作ってもらうことだって、できるんだから！」

「子供って……本当にわかってるのか？」

「わ、わかってるもん！　わたしが本気だっていうこと、ちゃんと伝えるんだから！」

そう言うと、クリシスは自分の夜着に手をかけた。

「お、おいおい……」

かなり恥ずかしいのだろう。

しかし、火を噴きそうなほど顔を真っ赤にさせながらも、きちんと下着まで見事に脱ぎ捨てた。

そして——。

「うぅ……は、はいっ！」

なぜかその場で背筋を伸ばし、妙に良い姿勢になって立ち直した。

その勢いで、慎ましやかな胸が愛らしく揺れる。

「だ、だから……はいっ！」

「……はい？」

どうやらなにかを訴えているようだが……さっぱりわからん。

「あっ！　こ、こうかな……だからっ、はいっ！」

首から上が真っ赤になるほど恥ずかしいらしい。

目をギュッとしっかりと閉じ、両手を広げてまた裸体を見せつけてくる。

「……大きさはまあ、ほどほどだが、健康的な肌色と形はとてもきれいで均整のとれた美乳だな」

「え？　あ、ありがと……って、そういうことを聞いてるんじゃなくてっ！　ほ、ほら……」

片目を薄く開いて、俺に催促してくる。

だが残念ながら、さっぱり意味が読み取れない。

「えーと……なにがしたいんだ？」

「あ、あれ？　うぅ……間違ってた？」

さすがにおかしいと思ったのか、今更ながら胸と股間を手で隠しながら、小首をかしげる。

「どういうことだ？」

「だ、だってこういうのは、女のほうから裸を見せれば、あとは男の人が全部やってくれるって、教育係のメアリーが言ってたんだもんっ！」

「あ、そういうことか……」

一応、王位継承者。行き過ぎた性教育はご法度だったのだろう。

なので逆に妙ちくりんな知識でお茶を濁したのかも知れない。

まあでも、あながちそのメアリーの言うことも間違ってはいないが……ここまで色気がないお誘いだと、気付くものも気付けない。

「……ちなみに、どうやったら子供ができるかは知ってるんだよな？」

「そ、それくらい知ってるよっ！　その……お、男の人のおちんちんを見たら、できちゃうんだよね……？」

知ってると言いながらも、ちょっと自信なさ気に、俺に聞き返してくる。

「ふむ……まあ、あながち間違いとは言い切れないか」

「え？　それってどっちなの？」

「わかった。それをこれから、クリシスにもわかるように教えてあげるよ」

「え？　あ……ぅ……」

身体を隠そうとする彼女を引き寄せ、大きく澄んだ瞳を、すぐ近くで見つめる。

「……でもいいんだな？　色々な意味で、もう後戻りはできないぞ？」

「……うん。お兄ちゃんとならわたし、どこへでもついていけるから……」

もう胸を隠そうとしなくなった腕を絡ませ、抱きついてくる。

きっとそれは本心だろう。

しかし、身体は少し震えていた。

「そうか……そこまで言ってくれるのなら、俺も覚悟を決めよう」

「あっ、お兄ちゃ……んんぅっ!?」

クリシスの気持ちを受け止めた俺は、まずはキスでその思いに応えることにした。

「んんぅ……んんっ、んんんぅ……」

まぶたと同じくらいに、キュッと硬く閉じた唇は、とてもぎこちなく俺のキスを受け止めている。

だが、硬くなりすぎて、息を止めて苦しそうだ。

ここは一度仕切り直そうと、唇を離す。

「ん、ふぁあっ!?　んはっ、はあっ、はあぁ……き、キスって……ちょっと大変……？　はあぁ……」

「そんなことないが……息継ぎをしていいんだぞ？」

「そうなの？　んんぅ……で、でも、恥ずかしかったから……」

「ははっ。これくらいで恥ずかしがってたら困るな。これからもっと、すごいキスをするんだから」

「ええっ!?　これよりも、もっとっ!?」

「怖くなったか？」

「……ううん。お兄ちゃんにしてもらいたいっ♥　ん～～っ♪」

なんの迷いもなく唇を突き出して、俺に差し出してくる。

そんな可愛らしいおねだりをされたら、やらずにいられない。

「ん、あっ、はぁ、んんぅっ!?　んちゅむっ、ちゅむぅ……んはっ、はうぅぅ……んんうっ♥」

まだ緊張しているクリシスの唇にそうように舌を這わせる。

「ん、ん、ふ……おにいちゃ……ん、ちゅ……」

軽くついばみながら軽いキスをくり返し、少しずつ緊張をほぐしていく。

「はあ、はあ……ん、ふぁ……ん、ん……」

引き結んでいた唇が緩んできたところで、舌先で押し開きながら彼女の口内へと侵入させる。

「ちゅふっ、んんんぅっ!?　やぷっ、んんぅ……お兄ちゃんの舌が……ちゅむぅ……んちゅっ、ちゅっ……ちゅふぅ……んんっ♥」

怯えるように引っ込める彼女の舌を、誘い出すように舌を絡ませていく。

「んちゅぅ……れるっ、ちゅううぅんっ♥　んはっ、はあぁ……なんだか、すごくいい味がする♥　んみゅむっ、ちゅふぅ……」

だんだんとキスをすることに慣れてきたのか、強ばっていた体から力が抜けてくる。

俺の動きに応えるように、自分から舌を絡ませ、動かし始めた。

「ちゅふっ、これ、気持ちぃ……お兄ちゃんと、キスするの……んっ、好き……ん、ちゅ、ちゅむっ」

キスの合間にそう呟くと、クリシスはさらに積極的に舌を使ってくる。

「ん、ちゅむ、ちゅ……おにいちゃ……いぃぃっ♥ ちゅむっ、ちゅっ……ちゅっ、んにゅむぅ……ちゅっ、ちゅぅぅん♥」

お互いの口内が溶けて混ざり合うような深いキスは、クリシスを確実に蕩けさせているようだった。

「ちゅはっ！　はあっ、んはぁ……なんだか、頭がとろーんってなっちゃってるぅ……んんぅ……キスってこんなすごいものなんだねぇ……♥」

瞳を熱く潤ませ、うっとりとした表情で、すでに満足そうに言ってくる。

「これだけで終わりじゃないんだが……少し休憩するか？」

「ううん、そんなのいらないよ……もっといっぱい、教えてっ♥　好きな人とすること、もっと知りたい……」

俺とのキスで、こういうことに興味を持ったみたいだ。

「ふむ。それじゃ、まずは前戯からだな」

「ぜんぎ？」

「性行為をする前の準備みたいなものだ。お互いの体を触ったり、触られたりすると言えばわかるか？」

「え……？　お兄ちゃんに、触ってもいいの？」

興味津々に目を輝かしている。

「ああ。もちろんだ。でも、まずは俺が先にクリシスに前戯をするな」

そう言って、クリシスの胸に触れる。

「え？　ひゃあわっ!?　お、お兄ちゃん……そこ、あ……あ、触られてる……お兄ちゃんに、体、触られて……んっ♥」

戸惑いと、甘い吐息。

どうやら、俺にこうして前戯をされることに対して、あまり抵抗はないようだ。

王族の女性ともなれば、何をするにしても自分ではしない。

同性が相手ならば、裸を見られることも、体に触れられることにも慣れているだろう。

だが、こうして男の手で、しかも性的に触られるのは初めての経験だろう。

可愛らしい膨らみの曲線をなぞるように、手の平を押しつけながら、優しく撫でていく。

「あんっ……はんんぅ……そう言えば、男の人っておっぱいが好きだって聞いたけど……んあぁ……お兄ちゃんも、大きいほうがいいの？」

「うん？　まあ大きいことはいいことだが、それぞれの大きさの胸に、それぞれの良さが詰まっているから、サイズだけでは測りきれないいな」

「んんぅ……そうなんだ……あうっ、んんぅ……」

少しホッとしたような顔をして、うれしそうに微笑んだ。

しかし、なんとなく愛撫の手応えがないような気がする。

「うん……？　クリシス、今、どんな感じがする？」

「んんっ、はぁぁ……え？　うーん……ちょっとくすぐったい感じかな……あうっ、はんんぅ……」

「なるほど……」

さすがにイサーラ相手に色々としてきたので、俺が下手くそだということはないと思いたいが……。

胸はある程度の経験と訓練がなければ、そこまで気持ちよくはならないようだし、クリシスは愛撫をされる経験だけでなく、おそらく自分でそういうことをしたことも、ほとんどないのだろう。

「クリシスは自分で胸を触ったりしたことないのか？」

「んあぁ……おっぱいはあんまり……そういうことは、しちゃいけないって言われてるし……」

やはりそうだったみたいだな。

けれど、反応は悪くない。

「あまりってことは、少しは弄っていたのかな？」

「……っ」

俺の指摘に、クリシスは恥ずかしげに視線を逸らす。

「そっか……でも、そこまで気持ちよくはなかったと」

「それは………くすぐったいだけで……」

「じゃあ、こっちは？　弄っていたんじゃないのか？」

さっきからモジモジとさせていた股間へ、するりと指先を滑り込ませる。

「ふえ？　きゃ、きゃあぁぁんっ!?」

可愛らしい悲鳴を上げ、膝を摺り合わせるように足を閉じる。

滑らかなふとももに腕を挟まれた状態のまま、俺は指を使ってクリシスの股間を軽く撫でていく。

「あうっ、そ、そんなとこ触っちゃ……んんぅっ♥　やんぅ……な、なんでわたしがそこを触っているって、わかったのっ!?」

急に股間を触られたことと、自慰行為がバレたことで、二重で恥ずかしくなったのか、また顔が真っ赤になる。

「ははっ、それはわかる。ダメだって言われても、クリシスくらいの歳なら我慢できるわけがないからな」

「あううぅ……。それって、お兄ちゃんもそうだったの？」

「俺は……まあ、そんなところだな」

今のクリシスと同じくらいの年頃には、すでにイサーラとそれ以上のことをしていたんだけど……。

あえて、彼女に言うようなことではないか。

「はあ、はあ……そ、そこ……んっ♥　お兄ちゃんに触れると……なんか、変な感じ……んんっ♥」

「自分でしていたときとは違う？」

「ん……んっ、あ……うん、違うの……自分でしてたときと、違う……」

吐息まじりに答えるクリシスの敏感な場所を、丁寧に撫でていく。

しっかりと閉じていた足の力が抜け、今は軽く開かれている。おそらく、無意識にしているのだろう。

「自分でしていたとき、どんなふうに違うのか、教えてもらえるか？」

割れ目の左右に指を添え、陰唇を開くように優しく秘裂を撫でながら、俺はクリシスに尋ねた。

にちにちと湿っぽい音が響いてくる。

愛液が滲み出てきているのだろう。クリシスはこういう行為には不慣れではあるが、反応は悪くない。

「はっ、はっ……そこ、隠れて……んっ、勉強の合間とか……トイレとかで、ちょっと弄ってたの……んくっ、んんぅ……はうぅ……で、でもほんのちょっとだけだよ？」

「そうか。そのときは、どんなふうにしてたんだ？」

「んっ、あっ、い、言わないとだめ……？」

「教えてほしい。クリシスがどうすれば気持ちよくなるのか、知りたいんだよ」

「あ、う、うん……あのね……自分でするときは……」

言うのは恥ずかしいのか、これ以上ないくらいに顔が赤くなっている。

だが、俺の願いだからだろうか、クリシスは覚悟をしたように口を開いた。

「ん、ん……い、今……お兄ちゃんに、触られてるとこ……そこの穴の周り、あっ♥　ん……指でくすぐってたくらいで……あうっ、はあぁ……♥」

「ふふ……やっぱりな」

膣口周りを軽く触れて、感触を確かめたが、かなり良い反応を返してくる。

この愛撫には手応えがあった。

「……ちなみにその穴の中に、指を突っ込んだりしなかったのか？」

「ええっ⁉　し、しないよっ、そんなこと……だってアソコはおしっこをするところだし……」

「おしっこが出るところじゃなくて、自分で触っていたほうの穴だよ」

指の腹で、膣口をピタピタと叩く。

「んあっ、あっ、あ……そこ、んっ♥　入れたこと、な……あ、ん……はあ、はあ……」

エッチなことには興味はあったが、根本の部分を教わっていないので、中途半端な知識しかないようだ。

ここはやはり、俺が教えておくしかない。

「そっか、じゃあ……試してみようか？」

「え……？　う、うそだよねっ⁉　お兄ちゃんの指、そんなとこに入っちゃうの⁉」

「ああ。指くらいは大丈夫だ」

「で、でも……」

「先に教えておくけどな。女性にはそこの奥に、赤ん坊を作るところがあるんだ」

クリシスが自分でしていたと言っていたように、膣口の入り口を優しく撫で回しながら、説明をする。

「え？　こ、この奥……？　あうっ、んんぅ……ここってお腹の奥につながってるの？　赤ちゃんってそこで育つんだよね？」

「ああ、そうだな。そして、この穴にチンコを入れて子種を出せば、子供ができるんだ。だからクリシスのここには、穴が開いているんだ」

「ふあああぁっ!? やんっ、今それ指ぃっ……あぁっ♥」

かなり熱くなっている膣口へ、軽く指先を入れてみた。

「はうぅ……そ、そうなんだ……そこにお兄ちゃんのおちんちんが入って……。んんぅ……ああんっ♥」

入り口は弄っていても、膣までは指を入れたことはないのだろう。

完全に未経験のクリシスの入口は、かなり狭くてキツそうだ。

「ぬるぬるになっているだろう？」

「う、うん……ぬるぬるって……お兄ちゃんの指、擦れて……んっ、気持ちいい……♥」

感じているのか、目尻が下がってとろんとした顔をしている。

「ここに指を入れてみようか？　大丈夫、痛くはないはずだから」

「ほんとう……？」

「ああ。俺がクリシスに酷いことをすると思うか？」

「ううん、しない。お兄ちゃんは、絶対にそんなこと、しないから」

「ありがとう。じゃあ……ゆっくりと入れていくな。息を吐いて、体から力を抜いて……」

「ん、はああぁ……こんな、感じ……ふあっ!?」

つぷりと、指先が膣に沈むと、クリシスはびくんっと腰を震わせた。

「痛いか？」

「う、ううん……痛くない……さっきまでと違って……なんだか、変な感じ……ん、あ……♥」

「もう少し入れていくな」

そう告げると、俺はさらに指を埋めていく。

「はあっ、はうぅ……指が入ってくるの、わかる……あ、んっ♥　お兄ちゃんの指、熱いの……んっ、熱いの、おなかのほうまできて……あうっ、くうぅ……！」

腰をくねらせ、艶めいた吐息をこぼす。

どこかでまだ子供だと思っていたけれど、クリシスは十分に魅力的だ。

「どうだ？　これくらい深く入れても、痛くないだろう？」

「ん……うん……お兄ちゃんだからかな……痛くないし……それだけじゃなくて……」

濡れた瞳を俺に向け、腰をもじもじとさせている。

「もっと、してもいいか？」

クリシスにおねだりをさせてもいいが、それよりも、今は彼女に性行為への嫌悪感や恐怖を抱かせたくない。

優しく愛撫をして、俺にされることを受け入れるほど、気持ちが良くなると、覚えてもらおう。

「……ん、して、ほしい……お兄ちゃんに、もっと……してほしい……」

「それじゃ、動かすぞ？　痛かったり、いやだったりしたら、ちゃんと言うこと」

「……うん、言う……ちゃんと、言うから……」

今度は指を軽く引きながら、膣襞を指の腹で撫でていく。

「あ、あ……擦れるの……んっ♥　お腹、くすぐったくて……ぞくぞくってしてて……んんっ♥」

「入れるのと、抜くの、どっちのほうが好きだなんだ？」

ゆっくりと指を出し入れしながら、クリシスに尋ねる。

「はあ、はあ……わからない、わからないけど……お兄ちゃんにされるの、どっちも好き……んっ、りょうほ……気持ちい……あっ、あっ♥」

その言葉に嘘はないだろう。クリシスの膣はさきほどからどんどんと潤いを増してきている。

滲み出る愛液を潤滑油代わりに、俺はさらに彼女のおまんこをほぐすように弄っていく。

「はうぅ……んくっ、んんぅ……」

「今の感じはどうだ？　自分で触っていたより気持ちいいか？」

「うん♥　んくぅ……ああんっ♥　はあぁ……怖くて全然触らなかったけど、中のほうも弄ったらこんな感じになるなんて知らなかった……はんぅ……もっと早く気付いておけばよかったかも♥」

「まあ、あんまり早くに知っていても、いいことばかりではないと思うがな……」

特に継承権での順位では、色恋沙汰が問題になると、とても厄介なことになる。

そういう点では、侍女だというメアリーはとても良い働きをしてくれた。

「でも、こちらのほうが感度がいいというのは、なかなかに見込みがあるな」

「んくっ、んんぅ……え？　なんの見込み？」

「これからもっとスケベになるという見込みさ」

「んんぅ……もしかして、お兄ちゃんって……そういう女の人が好きなの？　はんぅ……なんだか今、すごくうれしそうにしてたけど……」

「なにっ!?　顔に出てたか……」

いつもならそんなに顔に出さないが、やはりついつい心を許してしまう相手の前では、本音が出てしまうようだ。

……なぜか、妙にイサーラの冷たい視線を感じた気がしたが……気のせいだな、たぶん。

「んんぅ……でもお兄ちゃんがそういうのが好きなら、わたし、いっぱいエッチになる～～っ♥」

「ははっ、それは期待しないとな。まあでも、まずは初体験をきちんと済ませてからだろう。特に女性は」

「んんぅ……そうなの？」

「ああ。初めては痛いらしいからな。それで抵抗がある人もいるらしいぞ？」

こうして話をしながら弄っている間も、クリシスの秘所は十分以上に濡れてきている。

「痛いのが怖いなら、今日は止めるけれど――」

「やめたら、だめ……んっ♥　だいじょうぶ、だから……お兄ちゃんのためなら、痛くても……へーきだからぁ……んんっ♥」

「ありがとう、クリシス。そんなに思ってもらえるの、すごく嬉しいよ」

「は、あっ♥　あ……んっ、んくっ、んはぁ……ああんっ♥　わたし、へーき……んっ♥　お兄ちやんのためなら、どんなに痛くても、がんばれるよ？」

「あまり無理をしないでくれよ？　気持ちは嬉しいけれど、それ以上に心配だから」

「えへ……♪　お兄ちゃん、心配しすぎだよ」

「そうか？　いや、そうかもな」

イサーラを相手にしているときは、こんなふうに思ったりしない。

今でこそ、互角以上に彼女の相手をできるが、最初の頃はそれこそ何も知らず、できず、いいようにに翻弄されていただけだったからな……。

彼女と経験を積み上げる前の自分を思い出して、少しばかり遠い目をしてしまう。

「……お兄ちゃん、わたしのこと以外考えてる？」

「ああ、すまない。初めてのときのことは、一生の思い出になるからな。だから、クリシスには嫌な想いをさせたくなかったんだよ」

そんなふうに言いながら、俺は愛液に濡れた指で、膣道を丁寧に撫でていく。

自分でしていたからか、入口付近の浅い場所で少し早めに指を出し入れすると、腰がびくびくと震える。

「はうっ、んんくぅ……あっ、あぁぁっ♥　はうぅ……お兄ちゃんの指の動き……すごく気持ちいいの……」

「そのまま、俺のすることを感じていればいいから」

くちゅくちゅと淫らな音を立てて、クリシスのおまんこをさらに愛撫する。

「んくっ、んんぅ……♥　自分でしてるときなんて霞んじゃうくらいにっ、わたしのアソコ……溶けちゃいそうだよぉ……♥」

陰唇もかなり熱くなり、赤く熟してパックリと秘裂をあらわにさせている。

初めてだから、十分にほぐしておいたほうがいい。

とはいえ、このままではセックスのときに、少しばかりキツいかもしれない。

吸いつき、締めつけてくる膣から指を抜いた。

「んあ……♥　あ……お兄ちゃん……？」

わずかに不満をのぞかせ、俺を見上げてくる。

「だいぶ馴染んできたから……指、増やすぞ」

「ん、ゆび……？」

指を二本合わせて、再び膣へとゆっくりと入れていく。

「あ……んんんっ、んくっ、あ………はっ♥」

「痛いか？」

「はっ、はっ、はあ、はあ……いたく、ないけど……あそこ……いっぱいに、なってる……んっ」

軽く挿入している俺の指を、おまんこがぎゅうぎゅうと締めつけてくる。

反応は悪くない……いや、それどころかいいくらいだ。

二本でも大丈夫そうだし、セックスの前に一度、絶頂を知っておいたほうがいいかもしれない。

「ふわわっ!?　きゃうっ、んんぅっ♥　お、お兄ちゃんっ!?　指っ、動かしすぎぃ……ああんっ♥」

そう思い立った俺は、すぐにクリシスの膣壁をより強く擦っていた。

「はあっ、はんぅ……あぁぁっ♥　んんぅ……な、なんだか身体がフワフワしてきちゃってるぅ……んくっ、んはあぁ……こ、これなんか変だよ？　お兄ちゃんっ、なんだか怖いぃ……」

今までにない快感に戸惑っているようで、不安そうにギュッと抱きついてくる。

でも特に痛みなどはなさそうだ。

「大丈夫。そのまま快感に身を任せて、イってしまえ」

「んえぇっ!?　い、いくってなに？　んんぅ……んはあぁんっ♥」

「そのまま、心ゆくまで感じまくれって意味だ」

少し窪んでいる膣壁の部分を指先で捉えると、一際気持ちよさそうに喘いだ。

ここがクリシスの弱いスポットらしい。

「ひあぁぁんっ♥　あっ、そこすごぉ……いいぃんっ♥　はあっ、はあぁっ、なにこれぇ……ほんとにもうっ、おかしくなっちゃうぅ……あぁぁっ♥」

「ああ……そのままおかしくなってしまえっ」

そのスポットを細かく振動させると、クリシスは大きく身体を震わせた。

「ひあああぁっ!?　ああっ、気持ちっ、いひいいいいぃぃぃっ♥」

大きく叫ぶような喘ぎ声と共に、クリシスは達したようだ。

たぶん、初絶頂だったに違いない。

「んあっ、はあっ、はふっ、んくうぅ……」

「大丈夫だと思うが……どうだった？　クリシス」

「んあぁ……す、すごいぃ……んあっ、はあぁ……白い世界に包まれた感じがしてぇ……わたし今、全部溶けちゃってたぁ……♥」

「ははっ、そうか。そこまで感じられたなら、もう十分だろう」

「んんぅ……？　あんっ!?　えっ……？」

まだ余韻で蕩けているクリシスの脚を開き、そこへ俺もにじり寄る。

「それじゃ、いよいよ本番だ。できるだけ力を抜け」

「あっ……はんんぅっ！」

愛液で濡れる膣口へ亀頭をあてがう。

「んあ……い、入れるの？　んんぅ……お兄ちゃんのおちんちん……んんぅ……うん、入れて……わたしに初めてのエッチ、教えて……♥」

「ああ。しっかりと……なっ！」

「はぐうぅんんっ!?　んぐっ、くふうぅ……ふあぁあぁっ！」

きつく閉じる膣口へ、強く亀頭をねじ込んでいく。

「くっ……予想してはいたがこれはなかなか……」

一度絶頂させているとはいえ、やはりクリシスの膣内はかなり狭かった。

「んあっ、ひぐうぅ……んくうぅ……す、すごく広げられちゃってるよっ、わたしのアソコぉ……くあぁぁんっ、はんんぅ……」

彼女の処女膜はかなり頑固なようで、俺の肉棒を簡単には受け入れないよう、固く閉じている。

「んんっ、はあぁ……も、もう入った？　んんぅ……お兄ちゃんのおちんちん入ったよね？　んんぅ……」

「いや、まだ先っぽも入ってないな。少し強引にいくが、耐えるんだぞ」

「あうっ!?　そ、そうなの？　んんぅ……うん、がんばるぅ……んぐっ、あっ、くんぅ……」

痛みと未知の体験で不安なのだろう。

俺の腕をギュッと強く掴んでくる。

「……クリシス。こうしような」

「え？　あっ……」

安心させるため、彼女の指と俺の指を組むように、お互いの手の平を合わせて握り返す。

「ん……なんだか、すごく頑張れる気がする♥」

ちょっと元気がもどったクリシスが、力強く頷く。

「そうか……なら、いくぞ」

「うんっ……あぐぅ……んはあぁんっ!?」

ブチブチと。肉棒の先に処女膜が裂ける感覚が伝わってくるが、構わずに下半身に力を入れて、彼女の初めてを散らしていった。

「はぐうぅ……んはあぁんっ!?　ああっ、んんぅ……中が広げられすぎて、すごく痺れちゃってる……はあっ、あぁあぁ……」

「くっ……ほら、これで全部入ったっ」

「あぐっ、くんんぅっ！　ふはあぁ……はあっ、はぐうぅ……ああぁ……本当？　んんぅ……わたしの中にお兄ちゃんのおちんちん、全部入ったの？　んんぅ……」

信じられないといった顔で、俺を見つめてくる。

「ああ、本当だ。見てみるか？」

「え？　あうぅ……い、いい……んんぅ……み、見ちゃぅと余計に恥ずかしいし……んんんぅ……」

気になってはいるようだが、まだ自分から見る勇気はないようだ。

「痛みはどうだ？　かなり大きく裂いたような気がするが……」

「んんぅ……中でブチンっていったやつ？　んんぅ……あれはわたしもちょっとびっくりしたけど……でも今は、ほんのちょっと痛いだけで、ピリピリする感じだよ……んんぅ……」

確かに少し膣内は引きつっているような感じがするが、クリシスの表情や仕草からは、あまり痛がっているようには見えない。

「そうか……それじゃ、ゆっくりと動くから。痛かったら言ってくれ」

「んんぅ？　う、うん……んふぅ……はあぁ、あうっ……んはあぁ……」

様子を見ながら、狭い膣内を前後に動かしていく。

「んっ、んはぁ……んんぅ……すごい……わたしの中、お兄ちゃんのおちんちんが本当に入っちゃってるんだね……。んくっ、んはぁ……ぐい～～って、熱いのが動いてるのがわかるよ……あふぅ……くあぁ……」

相変わらず痛みはないようだが、破瓜の血がつながっている部分を赤く染め上げていくのを見ると、やはり痛々しい。

「んんっ、はんんぅ……あっ、はぁんっ♥　んんぅ……ジンジンして痺れてる感じだけど……んんぅ……嫌な感じじゃないよ……あうっ、んんぅ……さっきの真っ白な感じが、また来るかも……んあっ、はあぁ……♥」

ただ、喪失直後で儚げな様子とは裏腹に、かなりよく感じてくれているようだ。

「へえ……やっぱり見込みがあるな。その調子でゆっくり感じていってくれ」

「うん……んんっ、あぁぁ……んはぁっ♥　あっ、ん、お兄ちゃんっ……♥」

ゆっくりと腰を動かすたびに、クリシスの声が快感に染まっていく。

かなり適応が早ぃ。

「……クリシス。もう少し動くぞ」

「はあっ、んはあぁんっ♥　うんっ、大丈夫……んっ、んんぅ……お兄ちゃんのしたいようにして……ああんっ♥」

俺は少しずつ、腰の動きを速くしていった。

「んはぁっ……あっ、んっ……！　お兄ちゃんので、わたしの中、いっぱいに詰まってるぅ……んっ、ふあぁ……ああっ♥」

快感が痛みを超えて溢れ出したようだ。

「はうっ、んああぁ……あっ、すごく熱いぃ……あぁぁんっ♥　おちんちんの熱さが、わたしのア

ソコに伝わって、燃えちゃってるみたいぃ……あぁぁんっ♥」

「ん……おお、これは凄い……」

処女なのにもう膣道が、肉棒をぎゅっと包みながらうねっていく。

「んはぁんっ♥　あうっ、くんんぅ……中でゴシゴシされるの……指でされるときより、いいっ♥

あうっ、くうぅぅん♥」

彼女の狭い処女穴が、肉竿に押し広げられながら震える。

それはまるで喜んでいるようだった。

「んっ、ああっ♥　はあぁ……あっ、あんっ、んはあぁ……あぁぁっ……♥」

俺はそんなのクリシスのまっさらな膣内を、もう少し大胆に往復していった。

「きゃうっ!?　んくうぅ……」

「ん？　今のはちょっと痛そうだな」

「う、うん……はあっ、はんぅ……奥のほうまで、ぐんってされると、ちょっっとダメかも……」

「そうか。それならこんな感じだな」

「ああんっ♥　んはっ、はあぁ……あうっ、んあっ、あぁぁっ♥」

あまり深くつながらずに、浅めで程々をキープしながら動かしていく。

「あうっ、んんぅ……ごめんね、お兄ちゃん……んっ、んんぅ……」

「謝ることはないさ。初めてなんだからな。むしろ、ここまできちんと感じてくれてるのが、凄いと思うぞ」

「んんぅ……そうなの？　んんぅ……お兄ちゃんも、気持ちいい？　んっ、んんぅ……」

「ああ。気持ちよすぎて、すぐに出そうだ」

「はあ、はあぁ……出るって、子種だよね？　んんぅ……んっ、んあぁ……気持ちよくなると、出るの？　んんぅ……」

「ああ、そうだぞ。クリシスの中が気持ちよすぎて、もう俺のほうが我慢できないな」

それは間違いなく本音だった。

きつく狭いので、一回ごとの往復がとても効く。

「んっ、んあぁんっ♥　はあっ、はんんぅ……だったら、出していいよ……んっ、んんぅ……わたし、お兄ちゃんの赤ちゃん欲しい……んんぅっ……」

頬を赤く染めながら、つぶらな瞳で見つめてくる。

その顔がまた、俺の射精感を加速させた。

「くっ……すまないが、このまま最後までいかせてもらうぞっ」

「ふあぁぁんっ!?　んあっ、あっ、動きが速く……んんぅっ♥　あっ、おちんちん、すごく動くぅ……ああぁっ♥」

限界の近づいた俺は、ピストンのスピードを上げてクリシスの膣内を蹂躙する。

「んあっ、ああぁんっ!?　あっ、はあぁんっ♥　あっ、またふわっと来るぅ……んんぅっ！　これもうっ、わたし、また白くなるぅ……ああぁっ!?」

「くっ！　出るっ！」

ドクンッ！　ドクッ、ドププッ！　ドビュルルッ、ビュクビュク～～ッ！

「ふなあぁっ!?　あぁっ！　おちんちんっ、ビクビク……ふあああぁぁぁぁっ♥」

射精で跳ね上がる肉棒をギュッと締めつけながら、クリシスのまだ誰にも汚されていない膣内が、俺の色に染まっていく。

「はあ、はううぅんっ♥　んはぁぁ……あぁぁ……また一瞬、頭がボーッとしちゃったよぉ……んんぅ……あぁぁ……熱い子種が、中で出てるぅ……♥」

うっとりと微笑むクリシスの中に、最後まで注ぎ込んだ。

たぶん、彼女を完全な絶頂にまでは導けなかったような気がするが、本人はとても喜んでいるようだ。

それにしても、かなり気持ちよかった。

次からは、ペース配分を考えたほうがいいかも知れないな。

「んんっ、んはぁ……お兄ちゃん、キスぅ……ん～～っ♪」

「はは。仕方ないな」

「んちゅぅ……ちゅむっ、んんっ♥」

可愛くねだってくるクリシスを抱きしめながら、またキスをした。

「んはぁ……ね？　大人になったでしょう？　わたし」

「ああ。もう立派なレディだな」

「うんっ♪　大好きっ、お兄ちゃん♥」

また抱きついてくる彼女とつながったまま、しばらく余韻に浸って過ごした。


クリシスが俺の派閥へ合流し、共闘することになった話は、すぐに広まっていった。

もっとも、本人同士が主従の契約をしたからといって、継承権自体を破棄はできないので、まだ実質的には彼女が4位だと見ている人間も少なくないが。

だが争いに積極的ではなく、受け身だったクリシスの方針転換には、誰もが驚いたようだ。

成り行きでの参加ではなく、俺の配下になることで明確な意思を持った参加となったからだ。

自分より下位の人間に従う。

スキルだって、俺よりずっと評価されていた。そのことに対して、色々な憶測がなされているが、当の本人にとっては、そんなことは関係ないらしく――。

「これで、お兄ちゃんとずっと一緒にいられるね♪」

と、ただただ嬉しそうにベッタリとくっついてくるのだった。

でも、これまでのひたすら消極的な姿勢から、俺のためにがんばることを決意してくれたことで、戦いにもかなり前向きになったみたいだ。

元4位のクリシスと手を取り合うことで、俺の勢力は強化された。上位三人とでも一対一ならば、かろうじて相手にできるだろう。

三すくみに似た状態だった上位者の関係。そこに俺が参入したことで、微妙だったバランスが崩れかけている。

だからといって、三人がすぐに動き出すとは思えない。勝利の確信はまだ、誰も持てないだろう。

同じように、俺も動くわけにはいかない。

王が生きている頃からの忠臣でまとまる貴族を率いている兄達に対して、俺の陣営は寄せ集めであることは否定できない。

勢力が多少は伸びたところで、正面からやり合ったら、勝てる見込みåは少ないだろう。

継承権の1位のローシと、3位のベネノは、同じく傍流の血筋だ。

なので、直系の継承権者に対して思うところもあり、手を結ぶかにも思えるが、それはない。

彼らの場合、上位である理由は生まれではなく、スキルの恩恵が大きい。

それだけでライバル意識がもともと強く、以前からずっと、出会っても争いしかない雰囲気だった。なので、この1位と3位が手を組むことは考えにくい。

そして多分、2位のホズンも誰かと手を組む気は、今のところないだろう。

現在継承権2位であるホズンと俺は、幼少のときから疎遠ではあるが、同じ母親から生まれた本当の兄弟だ。王の正妃の息子なのだ。

だからといって、同じ気性を継いでいるわけではないと思うが、聞こえてくる範囲では以前の俺と同じように好戦的ではないらしい。

しかし、闘えば不思議と勝つという策略家でもあり、敵に回ればかなり手強い。

だが、彼側からの探りはあるものの、直接の攻撃やちょっかいは一切ないので、きっと話をすれば通じるだろうという確信もある。

となると、ローシとベネノをどうするかを、まずは考えたほうが良さそうだ。

むしろ、俺が3位のベネノの排除に動くのならば……きっと兄であるホズンの協力は受けられるだろうと思う。

ただ、それはあくまでも、俺が思う兄の人物像が合っていれば……の話だが。

まったく違うとなれば、こちらが動くと逆に余計な火種を作ってしまう。いきなり現れた邪魔な4位を排除するという目的で、1位から3位の共闘を引き起こしてしまうかも知れない。

これまで4位が彼らに狙われなかったのは、穏健派の年若いクリシスだったからだ。

それに、内部にもまだ不安はある。

ここまで大きくなった派閥の中では、元からのクリシス派だった者からの不満も少なからずあり、反クリシスや反カダルを裏で叫ぶ貴族達も集まっていると聞く。

なので、内部の構成をしっかりと押さえるまでは、手を出すのは控えたいところだ。

ここから先の戦いはきっと、何かしらの切っ掛けとなる出来事が必要となる。

ただ、その機会さえあれば、一気に動くべきだというのは理解している。

「今は、我慢の時期だな……」

5位、6位となった兄弟の様子も見つつ、内部の結束を固めていくしかない。

色々な準備を進めつつ、俺はしばらく静観することにした。

第三章　生意気お嬢様を籠絡

継承権の上位同士の争いは、しばらくの間は睨み合いになり、膠着状態が続く。

そんなふうに予想していた俺の考えは、どうやら甘かったようだ。

順位の変動が大きくなってきたことや、そもそも継承戦に関わっている王族の数が減っていることなど、いくつかの理由や状況が重なったことで、チャンスだと判断したのかもしれない。

継承権3位のベネノが、継承権1位であるローシに戦いを挑んだのだ。

「このタイミングでか!?」

「そうみたいだね。びっくりだよ〜」

クリシスも驚いているようだ。

「勝算がなくては、いきなりローシ様に戦いを挑んだりはしないと思いますが……」

言葉を濁しているが、イサーラもベネノの行動は拙速だと思っているようだ。

俺も同じ考えだ。

さすがに継承権1位だけあって、ローシは建国から続く歴史ある貴族達の支持も厚かったはず。

対してベネノは継承権3位ではあるが、女だ。

帝国では男女どちらであっても、王位に就くことは可能だが、過去の女王が問題だ。

政治的に見ると、数代ほどが続けて問題を起こしている。

それもあって、国民の間では女王時代を忌避する感情も根強く残っていた。

だから俺はベネノを下し、ローシが勝利すると思っていた。


だというのに、結果はベネノの圧勝だった。

敗北したローシは、どうにか逃げおおせたものの、その兵力は大きく削られ、派閥の勢力も衰退していっているらしい。

「そうか、あのベネノがな……」

俺も予想していなかった結果に、唸ってしまった。

三位のベネノのスキルは、「相手の感情や次の動きを読み取る」能力だ。どうやら、筋肉の動きから情報を得るスキルらしい。

それは使い方によっては、権力者にとってもかなり有用だ。嘘を見抜いたり、相手の行動の先回りができるという、相当な優れもの。

一方のローシのスキルは、「目にした人間に敬意を抱かせ、自らの言葉の説得力が増して聞こえるようになる」というもの。

それは一種のカリスマ性であり、王となるためには必須のスキルだとも言える。

そのため、長らく継承権1位として君臨していたのだ。

とはいえ、本人の性格にはかなり問題があり、自らが神に選ばれた王であると言って憚らず、傲慢に振る舞っていたようだ。

いくら強力なスキルがあっても、部下達全てがその影響下にあったわけではないだろう。

そこが欠点であり、弱点でもあるのはわかるが……戦場においては、どちらのスキルが有利かと言えば、明らかにローシのほうだったはずだ。

兵を束ね、戦わせるには、やはりカリスマ性をもった統率者が必要になるし、勝敗を分ける要因にもなる。決戦のときも、兵達に相当な演説を聴かせたはずだ。誰もが我先にと戦っただろう。

それに対して、ベネノの能力はあくまで対個人。軍隊には通用しない。

そんなローシがベネノに敗れたとなると……ベネノ側は、なにか特別な手段を使ったのかも知れない。

「しかし、よりによってベネノがな……俺にとっては多分、一位のローシ以上に相性の悪い相手かもしれないな」

「え？　どういうこと？」

まるで子犬のように、クリシスがくりくりとした大きな目を俺に向けながら、可愛らしく小首をかしげる。

「彼女の能力で嘘が見抜かれるとなると、カダル様の使う幻影も同時に見破られしまう可能性が高くなります」

そうだ。そして俺のように、まだなにか隠している可能性だってある。

冷静な分析を続けるイサーラは口元に指を置き、どうしたものかと思案する。

うむ。その姿、実にセクシー。

「大丈夫だよっ！　何があっても、お兄ちゃんのことは『絶対防御』で守ってあげる！」

「そうだな。クリシスには確実に働いてもらうことになるだろう。もちろんイサーラにもだ」

「はい。常にカダル様のお側にいます」

俺にとっては実に頼もしいふたりの協力が得られるのはありがたい。

だが、ベネノが相手となると、やはり不安は残る。残るのだが……他に打つ手はない。

ローシが不在となった今こそが、一番の攻め時だろう。

「……それでは、継承権3位——いや、新たに2位となったベネノとの戦いに備えて動くとしよう」

相手も大きな戦闘後だ。すぐに動くとは思えないが、楽観的な予想は身を滅ぼす。何があっても対処できるように、様々な準備をすることが重要だ
しかしそれさえも、まだ甘い考えでしかなかったのだと、俺はすぐに身をもって知ることになった。


「——前方に敵軍を発見！」

「なっ!?　右からも敵が攻めて来ています！」

「反対からも……わ、我々は……囲まれています！」

「くっ！　なんてことだ！」

いつベネノとの戦闘が起きても良いように、彼女の領地と自領の境目に来ていた。

測量と下見を兼ねて、少数の精鋭を引き連れて回っていたそのときだ。

見通しの悪い森の中、突然ベネノの兵隊に襲撃されてしまった。

「いったいどこからっ!?」

イサーラが驚きの声をあげる。

「これは、俺達の行動がベネノ側に完全にバレていたようだな……」

この場所へ来ることを決めたのは俺だし、ほんの少し前のことだ。

情報を抜かれているとしても、対応が早すぎる。

「お兄ちゃん、どうするの？」

クリシスは警戒はしていても、慌ててはいない。

仮に今回のことが罠であっても、今はクリシスとイサーラが一緒にいる。ある程度の相手ならば、その包囲網を食い破って脱出することは難しくない。

「まずは、全員無事にここから逃げ延びることを優先するぞ!!」

幸いなことに、ベネノ軍の数もそこまで多くはなく、俺たちへの包囲にも穴がある。

とはいえ、彼我（ひが）の兵力差は10倍といったところか。その上、今、俺達のいる場所はベネノ領側に近い。土地感の優位も相手の側にある。

うかつなことをすれば、あっという間に潰されてしまうだろう。

「イサーラ。俺の能力強化を！」

「はいっ、カダル様！」

「クリシスは『絶対防御』を、俺の言うタイミングで、あいつらにかけるんだ！」

「うんっ、わかった！　ところであいつらって？」

「それはもちろん、あそこにいる奴らだ！」

そう言って指差した先には、とぼけた顔でもぐもぐと草を食む、野ヤギがいた。


「おいっ！　カダル達をついに追い詰めたぞ！」

ベネノ兵の声が森にこだまする。

「ははっ、馬鹿め！　奴ら、無謀にも崖を必死で降りていっているぞ」

断崖絶壁の上に集まった兵達が、その下で移動する俺たちをあざ笑った。

「くそっ！　矢が当たらない！」

「クリシス嬢の『絶対防御』だろう。彼女だけは必ず生け捕りにせよとの、ベネノ様のご命令だ」

「生け捕りって……でも、どうするんだ？　この崖を回り込むのは時間がかかりすぎる。取り逃がしてしまうぞ」

「その点は大丈夫だ。援軍がすでに崖下で待機しているらしいからな」

油断しているのか、大声で話すせいで俺達にも会話が筒抜けだ。

なるほど、気付けばかなりの数の兵が崖下に集まっているのが見える。

おそらく、近隣にいた他の部隊が合流してきたのだろう。

崖の真ん中で、上からも下からもベネノ兵に挟まれ、俺達はもはや絶体絶命だ。

「くうぅ……カダル様、お早く……これ以上は強化が保ちません……」

「はうぅ……わたしのスキルも、限界だよ〜〜……」

「ああ、わかっている。もう少し引きつけて……」

崖の上と下、両方にベネノ兵を密集させ、崖にしがみつく俺たちに注意を引かせる。

「よしっ、今だ！」

実は崖の上の兵には、幻影で上手く紛れこませた俺の兵がいる。そこへ合図を送る。

「おいっ！　クマが出たぞ！」

「大変だっ、こっちは狼だ！」

「魔獣の群れが襲ってきたぞ！」

わざと騒ぎを起こさせ、ベネノ兵を混乱させる。

「魔獣だって？　おい、はやく逃げろ。こんな場所じゃ……！」

「ば、馬鹿っ、押すなっ！　逆だ！　後ろに押し返せ！　危ないだろ！」

まだまだ、もう少し。兵達には、なるべく崖近くへと誘導するよう指示してある。

「早く何とかしろっ！　言うことを聞け！　なぜ動かない。後続はほんとうに襲われてるのか？」

「おい、もう落ちそうだぞ。これ以上は進めん！　後でどうにかしろ！」

しかし、後続は俺の兵の誘導に惑わされ、どんどん前へと進んでくる。

「まあ、そうは言ってもまだ10歩は余裕があるさ……。落ち着けって。混乱なんかすぐに収まるはず――」

そう言って冷静な対応をしていた兵士のひとりが、急に地面へ吸い込まれた。

正確には、そこにあると思われた地面に吸い込まれるように、滑り落ちていったのだ。

「なっ、なんだこれっ!?　……ぎゃあっ!?」

まだ余裕があると思っていた地面が、実は幻だったといことにようやく気づいたようだが、もう遅い。

「ちょっ!?　なんで地面に……ああーーーーっ!!」

落ちる間際の兵士が、なんとか助かろうと手当たり次第に仲間をつかんで引っ張る。

「なに引っ張ってんだ、離せ……ひぃいいいいぃっ!?」

「ふざけるなっ……うわーーっ!?」

次から次へと、ベネノ兵が雪崩のように崖から落ちていく。

そのまま連鎖が続き、崖の上にいた兵の三分の一がすでに失われていた。

しかし、被害が大きかったのはむしろ下の部隊のほうだった。

崖下の連中は俺達を待ち構えようと、岸壁ギリギリに集まっていたのだ。そこにさらに、自軍の兵を使って同じように誘導し、できる限り壁際に立たせている。

なので、上から落ちてくる同胞達からの『奇襲』にすぐに対処できるはずはなく、ほとんどの者が圧死したり、怪我を負った。

「おお……これは凄いな……」

崖から少し離れた場所で様子を見ていた俺も、この結果には大満足だった。

「はあ、はあぁ……もういいよね？　お兄ちゃん……」

「ああ、お疲れ様。イサーラも、よくやってくれた」

「いいえ。カダル様の知恵と幻影の勝利です。しかし、さすがに今回は冷や汗ものでした……」

側で見ていたイサーラとクリシスも、ほっと安堵のため息をつく。

「俺もさすがに、この規模の幻影を作り出すのはきつかった……」

上方では地面の境を見誤らせる幻影。下側からはもちろん、崖に貼りつく俺達の姿も見せている。

同時に操ったのだ。さらには、崖に貼りつく俺達の姿も見せている。変化がないように見せかける幻影を、
これには、かなりの精神力を使ってしまった。

さらには、崖を下る野ヤギを『俺』達だと誤認させる必要もあった。

同時にいくつもの幻影を作り出すのは、イサーラの補助があってもキツかった。

おそらく、『俺』達の顔の造りや服装はかなり雑になっていただろう。だが、遠くからなら、なんとかごまかせたようだ。

「カダル様。撹乱部隊の者も無事に戻ってきました。こちらの被害はありません！」

「よし。皆、よくやった！」

こうして、俺達はなんとか危機を乗り越えることができた。

もし大人数で移動していたら、また違った結果になっていたかも知れない。

むしろ、少人数だったことが今は幸いした。

ちなみに、崖を一生懸命に下っていた『俺』達を演じてくれた野ヤギたちは――。

「あっ、ヤギさん無事だったんだ。良かった〜〜。やっぱりわたしの『絶対防御』は凄いでしょ♪」

「ああ。完璧な勝利だ！」

ベネノによる襲撃から俺達は奇跡的に全員無事のまま逃げ延び、それなりの打撃も与えた。

まさか継承権1位との戦闘の直後に、これほどの数の兵士を俺のほうに向けて用意しているとは思わなかった。

だからこそ、今回の被害は、今の彼女にとってはかなり痛手となったはずだ。

正面を切っての戦闘となれば、今ならば俺のほうがやや優勢というところだろうか。

だが、そんなことをすれば多くの兵を消耗してしまうだろう。

それはお互いのためにも、それに国のためにもやはり避けたい。

それにしばらくの間は、ベネノも大人しくなるだろう。

そう思ったのだが。

俺の予想は、再びあっさりと覆された。

ベネノが、継承権を持つ者同士で、俺と腹を割って話し合いたいと使者を送ってきたのだ。

直接戦闘ができない状態になったとはいえ、まさかのこの誘いだ。

「カダル様、これは確実に罠でしょう。クリシス様のときとは違います」

「わたしもそう思う」

イサーラもクリシスも、会うことに反対した。もちろん、部下達もだ。

誰ひとりとして、ベネノに会うことに賛同する者はいなかった。

当然の反応だろう。何しろ、俺達を殺そうとして戦を仕掛けてきたばかりなのだ。そんな相手の招待を素直に受けて、敵地に赴くなど愚行以外のなにものでもない。

しかし俺だけは、ある決断をしていた。

古くは統一戦争のときから使われているという古城。それゆえに無骨だが、堅牢で立派。

そこにベネノは居(きょ)を構えていた。

謁見の間で、赤いロングウェーブの髪を優雅にたなびかせ、少し高い位置から見下ろすようにして、ベネノは俺たちを迎え入れた。

「ふふ、よく来てくださいましたわね。はじめまして、カダル」

「招かれたからにはムゲにもできないだろう、ベネノ。それに、こうして会うのは三回目だぞ」

そう——俺は、あえて彼女の誘いに乗った。

もちろん、罠であることを前提とし、命の危機があることも理解した上で、だ。

「あら、失礼しましたわ。覚えがなかったもので」

笑みを崩さずにそう言うと、挑発的な言葉を投げかけてくる。よくある挑発だ。

「王位を望むこともなく、継承権でもずっと下位だった人間など、気にもしていませんでしたので」

まさに高飛車という言葉が似合う。

これが美女でなければ、すぐに切りかかっていたところだろう。

たっぷりとしたボリュームのある乳房が髪と一緒に揺れるのも、かなりポイントが高い。

くびれた腰から尻にかけての女らしいラインは美しく、そして扇情的だ。

身に着けている衣裳を脱がし――。

「どこを見て、何を考えているのかしら？」

ベネノは、どうやらすでにスキルを発動しているようで、まるで毛虫でも見るかのような目で俺を見てくる。

「いったい、なんのことやら…………いや、クリシス？　お前もなぜそんな目で見るんだ？」

「べーつにーー」

すでにベネノの策略はこんなところにまで、影響しているようだ。

やれやれ、先読みの能力……まったく油断できないな。エロ妄想では防げないか。

冗談はさておき。やはりこのスキルがある限り、話し合いでベネノに対抗するのは難しいだろう。

こちらの考えは筒抜けで、相手の考えていることはわからないのだ。

その点については、つけ入る隙はなさそうだ。

俺がそう考えると、彼女の口の端がわずかにあがった。

……なるほど。どうやら、かなりの精度で相手の思考を読み取ることができるようだ。

「あら？　本気でただの愚物かと思っていたのだけれど……。傍系で血のつながりが薄いとはいえ、仮にも姉よ。試すような真似をするのは、褒められたことではなくてよ？」

「そうせざるを得ない状況だと思うが？」

たしかに今、俺達がお互いに伴っているのは最小限の護衛だけ。それも先程までで、護衛は隣室に残し、今はこうして三人だけで向かい合っている。

俺達に武器の所持も認めているが、彼女もおそらく周到に対策を打っているだろう。

口先で何を言っても、不意を突こうとしても、彼女のスキルの前では無意味だ。

自分が裏をかかれることはないという絶対の自信があるのだろう。

そこまで考えたところで、俺は自分の体——その薄皮一枚上に幻影を展開する。

「……？」

一瞬、ベネノがわずかに顔をしかめた。

……気付かれたか？

いま使っている幻影は、俺の皮膚や筋肉の状態を再現している。それは、『警戒の必要はあるが、やや友好的な相手』と対談したときの状態を記録したものだ。

さすがに口の周りだけはそのままなので、どの程度通用するかはわからないが、ベネノへの対抗策の一つだった。

もちろん、これだけではない。隠し玉として護衛の中に、兵装させたイサーラを紛れ込ませてある。同行しているクリシスの『絶対防御』と、イサーラのスキルで強化した幻影を使えば、俺達だけなら逃げることも不可能ではないはずだ。

そういう意味では、ごく少数を引き連れての会見は、ベネノ側だけが有利とは言い切れない。

「ベネノ、わたしもはじめましてと言ったほうがいいかな？」

俺を軽視したことに腹を立てているのか、クリシスがそう尋ねる。

彼女には、俺が何を考え、どんな対策をしているのか、いっさいを話していない。

クリシスが自らそう望んだのだ。もともと彼女は素直な性格で顔に出やすい。ましてや相手は、油断ならないスキル持ちのベネノだ。

無理に隠そうとするよりも、知らないでいることを選んだというわけだ。

「いえ、必要ありませんわ。クリシスとは何度か会ってますわね。ごきげんよう」

「……ごきげんよう」

「ふふっ、そんなに警戒しなくてもいいでしょう？　それに、あなたがそこまで怒りを覚えるなんて、よほどそのランク外を気に入っているようね」

「お兄ちゃんのことを悪く言うのなら、この話はもう終わりにするけど？」

「来たばかりなのだから、もう少しゆっくりしていったらどうかしら？」

クリシスには悪いが、やはりこういう場ではベネノのほうが一枚も二枚も上だな……おっぱい。

だが、彼女は自分の能力に絶対の自信があるのだろう。

自分が相手の裏をかくことがあっても、その逆はあり得ないと思っているに違いない。うむ、あのおっぱいを揉みしだきたい。

「先ほどからなんだか、背筋を這い登るような嫌な感じがあるのだけれど……」

ちらりと俺を見てくるが、その視線には確信はなく、戸惑いの色がある。チンポをつっこんで、淫らに乱れさせたい。

「気のせいじゃないの？」

クリシスが答える横で、俺は恥ずかしい格好をして喘ぐベネノの姿を思い浮かべる。

「そのような感じではないのだけれど……まあ、いいわ。命の危険はないようですし」

幻影があっても、それなりにスキルが機能しているな。

どうやら、ベネノの能力が利用するのは、筋肉の動きだけではないのかもしれない。

反応を見るに、男の欲望に満ちた視線に慣れてはいても、かなり不快に思っているはず。

それでこの程度の態度だということは、俺の思考までは伝わっていないようだ。

ふむ……となれば今はまだ、俺の考えを先読みしていないはず。

どうやら、俺の対抗策は、あながち悪くはなかったのかも知れない。

一対一ならば、見抜かれたかもしれないが、クリシスの存在が大きい。

この場でベネノが本気で警戒しているのは、彼女だけなのだろう。

それならば、これからどう話しをしていこうか……。

「前置きはいいだろう？　わざわざ呼び出したんだ。用件を聞かせてもらおうか」

「あら、せっかちな殿方は嫌われますわよ？」

「敵地で相手に時間を与えるような、間抜けな男のほうが好みなのか？」

何かを確かめるように、じっとこちらを見ている。

幻影をこっそり切り替えた。今はクリシスやイサーラを相手にしたときの俺だ。だから、彼女が俺のことを確かめようとするほど、会話の裏にある好意や、心の奥にある愛に気付くだろう。

……もちろん、それはふたりに向けたもので、ベネノに対するものじゃない。

だが、さきほど確かめたいくつかの感じから推測すると、彼女のスキルではそこまでの判別はできないはずだ。

「どうしたんだ？」

「え、いえ、なんでもありませんわ」

ベネノは妖艶な笑みを浮かべる。

俺がお前に惚れている。それならコントロールをしやすい、とでも思ってくれただろうか？

「それでは、単刀直入に言いますわ。カダル、わたくしの元へと降りなさい。そすれば、相応の地位を保障しますわ」

「そういう話だと思っていたよ」

俺が驚いていないことを、彼女は当然だと受け止めている。

自信家の彼女なら、こちらがその提案を想定して、この場へ来ていることくらいは織り込み済みだろう。その上で、幻影で俺の好意を見せたのだから、ある程度は信じるはずだ。

さて、どうする？

ここは、あえて心情をさらに読ませてみるか……。

あえてクリシスのほうに顔を向けると、ベネノが俺の視線を追うようにそちらを見る。

その瞬間に、展開していた幻影を解除する。


今回のベネノの申し出だが――。

俺達は、まだ寄せ集めであることは否定できない。

兵数という意味ではベネノを上回る可能性はあるが、練度がまるで足りていない。

あのローシを破った彼女だ。なにかある。多少の奇策を使ったところで、戦場では正面から叩き潰されて終わりだろう。

そうだとしても、我が軍と戦えば少なくない被害が出る。

現状はやっと、新しい膠着状態が生まれつつあるのだ。

いま俺達のどちらかが弱ったら、1位のホズンが容赦なく食らいついてくるだろう。

それに、ベネノに破れたローシの存在もまだある。あの男が生きているのならば、かならずもう一度、王位を目指すはず。次は確実にベネノを仕留めるために、相当な準備をしてくるだろう。

俺と戦い、被害の大きくなったあとのベネノ軍では、勝ち目は薄い。

となると、ベネノがここからホズンを下して王位につくためには、俺達を味方につけるべき、ということか……。

継承権1位と2位。ベネノがホズンとは同盟を組まないのは、他者を滅ぼした後に王位に就くのがホズンになる可能性のほうが高いからだろう。

それに継承戦だけではない。普段の身の安全を考えれば、クリシスの『絶対防御』は、王位に就いてからも、喉から手が出るほど欲しいはず。

そこまでを一気に、俺はあえて思い出した。


「……そういうことですわ。低位のくせに、よくわかりましてね？　カダル」

どうやら、俺の考えを正確に読み取ってくれたようだ。

「まったく……とんだ出歯亀スキルだな」

言葉を交わすことなく会話が進むのはとても奇妙な感じがするが、話が早いという点では都合が良い。しかし、確かに恐るべきスキルだ。

それに俺も上を目指すのなら、ベネノのスキルは手に入れておきたい。

お互いに相手の力は欲しい。あとはどちらが上か……だな。

ベネノは俺の内心をうかがうように、じっとこちらを見てくる。

その熱視線に当てられたのか、わずかに頭がくらりとする。これはヤバイ……気がする。

（……そんなに熱心に見てくるってことは、俺に組み敷かれて、毎夜可愛がってほしいのか？）

早々に、クリシスやイサーラとしていた夜の生活を、詳細に、鮮明に思い返してやる。

「……っ」

ベネノは顔を顰めて、俺から視線を外す。

その瞬間、俺は再び幻影を纏った。

「……それで、答えはどうですの？」

先ほどよりもやや態度を硬化させて、ベネノが尋ねてくる。

「スキルを使っているのなら、わざわざ言葉に出す必要はないだろうが……」

ベネノは僅かに口の端を上げる。満足そうだ。

再び、好意的な状態の幻影だ。幻影を見ていれば、俺が受け入れているとしか思えないだろう。

それを確信したからこそ、そういう反応になるんだろうな。しかし……。

「あえて言わせてもらおう。答えはお断りだ」

「え……？」

俺の返答が予想外だったのか、ベネノはめずらしく目を丸くして驚いている。

「だが、逆の立場——ベネノが俺の下につくというのならば、考えてもいいぞ？」

さあ、どう反応してくる？

わずかなやり取りではあるが、彼女の性格を考えれば一考さえしないだろうが。

「カダルお兄ちゃん……それはどうなのかな？」

「……え？」

てっきり、ベネノが答えてくると思っていたが、予想外に横のクリシスから否定されてしまった。

「な、なにを言ってるんだ？　クリシス？」

「だってそうでしょう？　今まで継承権争いに興味なかったくせに……しかもランク外だったんですけど？　わたしのおかげでここまでなれたんだよ？　もういい加減、このくらいが潮時だと思いますけどー？」

クリシスが、ベネノを支持するようなことを口にする。

その時点で、彼女自身の意思ではないのは間違いない。

……まさかベネノが何かしているのか？　だとしたら、何を？

睨むようにベネノに目を向ける。

「あら？　仲間割れのようですわね。ふふふ、それは困りましたわね♪」

ベネノは相変わらず余裕の表情で俺たちを見下す。

「やっぱりカダルお兄さまには、王様は似合わないですわー……ベネノに譲っちゃったほうが、よろしいのではないかなー」

先ほどから、クリシスの物言いがおかしい。

そもそも、クリシスが俺のことを『カダルお兄さま』なんて呼んだことは一度もなかったはずだ。

ここまできたら、想像はつく。

原因はどう考えてもベネノだろう。

おそらくベネノは、相手の思考を読み取るだけでなく、操るようなことができるのではないだろうか？

俺がイサーラと共にいるとスキルの強化ができることを隠しているように、ベネノも自分のできることを伏せていたのだろう。やはり、隠し球があったのだ。

しかし他人を操るとは……そんなことが本当にできるなら、以前からもっと使っていたのではないか？　俺がこの場に来たときに、すぐに操ろうとすべきではないだろうか？

状況証拠でしかないが、彼女のスキル——他人を操る能力は、そこまで強いものではないはず。

もしくは、頻繁に使うことができないような、何かしらの制限があるとかだろうか？

「さあ、わたくしに従いなさい、カダルお……」

急にベネノが言いよどむ。

「……お？」

「お、臆病者のカダル！」

「え？　お、おう……」

どういうわけか、唐突に罵られた。

だが、多分これは、ただごまかしただけだろう。

「カダルお兄さま……もう諦めようよ……わたく……わたしとベネノの仲間になっちゃいますよー？」

一方のクリシスは自分でも、なにを言っているのかよくわかっていないようだ。

こういうときは、予期せぬ衝撃や痛みによってなら、目が醒めるはず。

悪いとは思うが、俺は隣に座るクリシスの指を軽く握ると、爪の上から少し力を込める。

「ひあっ!?」

いきなり、ベネノが小さく悲鳴をあげる。だが、クリシスはぼんやりしたままだ。

まさか……。

ふと思いついた可能性。

もしも俺の考えが正しければ、これはきっと……ベネノはクリシスと感覚や感情、思考などを同期させているんじゃないだろうか？

軽いスキルの行使なら先読みくらいだが、より深く使うと相手と自分が一体化する。

そんなスキルを制限なく使えるのならば、各国の使者を操り、自分の都合のよい条約を結ばせることも容易い。

……でたらめな能力だな。

だが、なぜローシに使っていない？　王が存命のときに自分を継承1位として指名させなかった？

おそらく、そこが鍵だ。

それを調べるには、今すぐ行動を起こしたほうがいい。

「おいっ、しっかりしろっ、クリシスっ！」

「んんぅ？　しっかりしてますわってばさー……？」

仕方がない……ならば！

ぎゅっ！

不意に俺は、クリシスを強く抱き寄せた。

「えっ!?　な、なななな、なっ!?」

思いも寄らない行動に、ベネノが目を丸くする。

と同時に――。

「ふひゃあぁんっ♥　え？　お兄ちゃんっ!?　あれ？　あれれ？」

驚いてクリシスが、正気を取り戻した。

「クリシス、そのままだ……んっ……」

状況を把握させないまま、さらに強引に唇を奪う。

「んんうっ!?　ん、ぴちゅ、んっ♥　あむ、ちゅふぅ……♥」

急なことで、初めは固まっていたクリシスだったが――。

「んっ……お兄ちゃんっ♥　ちゅっ、んちゅむぅ……んちゅっ♥」

すぐに俺のキスを受け止め、自分から舌まで入れてきた。

「んちゅむっ、んちゅっ♥　んれるっ、ちゅっ♥　ちゅっ♥　ちゅ〜〜っ♥」

いや、これはさすがにやり過ぎなんだが……。

「なっ、ななな――っ!?　あ、あなた方は、なにをしているのですかっ!?」

しかし、ベネノを動揺させることには成功したようだ。

このチャンスを逃すわけにはいかない。

「んっ……クリシス。すまないが、今はなにも考えず、俺に抱かれてくれ」

きっと恥ずかしがって抵抗するだろう。しかし、ここでしておかなければ――。

「あ……うんっ、わかったよ、お兄ちゃん♥」

「お、おうっ……」

予想外に、あっさりとクリシスはうなずき、ギュッと抱きついてきた。

「ええっ⁉　だ、抱くって……まさかここでっ⁉　なにを考えているんですかっ！　そんな破廉恥な……は、恥を知りなさいっ！」

むしろベネノのほうが恥ずかしがって、あたふたとし始めた。

まあ、これが普通の反応だろう。

「それで、なにをすればいいの？　お兄ちゃん♪　脱いじゃう？　おっぱいとか揉んじゃう？　それとも……んふふっ♥」

俺すらも若干驚いてしまうほど、異常なほどに乗り気なクリシスは、楽しそうに上着を脱ぎ、服を緩めていく。

ただ、今はその無邪気なまでの色欲が、とてもありがたい。

「もちろん、こっちを責めるとしよう」

「きゃあぁんっ♥　あっ、もぅ……お兄ちゃんっ、エッチすぎぃっ♥」

感度のいい股間へと手を伸ばし、薄い布の上から軽く擦り上げていく。

「ふあぁ……やうっ、んくっ、ふはぁ……あんぅ……エッチな指が、布の上からさすってきちゃってる……はんぅ……こんなところでされちゃうなんて、思ってなかったから、凄くドキドキしちゃうね♥」

「すまないな、恥ずかしい思いをさせて」

「ううん、いいよ♪　んくっ、はぁ……。だってわたし、お兄ちゃんのためなら何でもできるもん♥　はあっ、あぁ……♥」

健気に俺への協力を惜しまないクリシスに、心から感謝する。

それに彼女自身も俺の本来の思惑を察知しているから、こうして協力してくれているのだろう。

「んぅ……でも布越しじゃ、やっぱり足りないよぉ……んっ、んはあぁ……あんんぅ……

……いや。もしかしたら、ただ単純に発情してしまっただけかもしれない。

「はあっ、はあぁ……お兄ちゃん、もう直接弄ってっ♥ んんぅ……わたし、恥ずかしくないから。

じゃないと、わたし……逆におかしくなっちゃいそうだよぉ……んっ、あんぅ……」

様子を見ていたが、クリシスはもう、我慢できなかったようだ。

思いっきり俺の手に股間を押しつけてねだってくる。

「ははっ、それは待たせてすまなかったな。それじゃあ、きちんと感じているみたいだから、本格的に弄ってやろう」

すでにしっとりと湿っている股布をめくり、みずみずしい膣口へと指を這わせる。

「あっ♪ くうぅぅんっ♥」

布越しでもかなり感じていたようで、膣口に軽く触れただけで、粘度の高い愛液が溢れて絡んできた。

「だいぶ切なかったみたいだな。いつもより多く出てないか？」

「やうぅ……うん、いっぱい出ちゃってるよ……んくっ、はあぁ……お兄ちゃんにいっぱいアソコを弄ってもらいたくって、エッチな身体が勝手に出しちゃうの♥ んくうぅんっ♥ ああっ、それっ、いいぃっ♥」

膣内に指先を入れて、グリグリと大きく円を描いて責める。

「ふあぁぁっ！　あっ、お兄ちゃんの指っ、わたしの中をクチュクチュかき回しちゃって……あっ、んんぅっ♥　とっても気持ちぃいの……あぁっ♥」

「おっと……もうこれだけ締めつけてくるとは……指だけなのに、こっちのほうまで気持ちよくなるな」

「んんっ、あああんっ♥　嬉しいよぉ……んっ、んんぅっ♥　お兄ちゃんにいっぱい弄ってもらって……嬉しくて、どんどん身体が熱くなっちゃうっ♥　ふはっ、あぁぁっ♥」

軽く擦っているだけだが、今まで以上に感じているような気がする。

もしかしたらクリシスは、見られると興奮する性癖なのかも知れない。

「ひあぁぁんっ!?　ああっ、そこっ、すごいとこぉっ♥」

そんなことを考えていたら、一番弱い部分に指先が触れた。

「ちょうどいい。それくらい感じているなら、一度イってスッキリしたほうが、落ち着きそうだな」

「きゅぅんっ!?　ひうっ、そ、そこでグリグリしちゃ……あっ♥　あああぁっ♥」

感じやすいスポットを指の腹で押さえ込むように押しながら、左右に回して擦り上げると、全身をビクつかせて喜んだ。

「それっ、すごすぎるよっ、お兄ちゃぁんっ♥　はうっ、んひぃいぃんっ!?　あぁぁっ♥　もうダメっ、本当にもうっ、気持ちよすぎてっ、真っ白にぃ……なりゅううぅぅっ♥」

「おおっ!?」

膣口をギュッと締めながら軽く痙攣し、俺が思っていたよりも早く、クリシスは絶頂してした。

「んはあぁ〜〜っ♥　ああんっ♥　んあぁぁ……お兄ちゃぁん……こんなに早くイかせるなんて、ひどいよぉ……んんっ、はあぁ……しかも、人が見ている前でなんてぇ……♥」

「そんなこと言いながら、かなり喜んでいるだろう？」

「えへへっ♪　わかっちゃった？　んんぅ……よくわからないけど、わたし……ドキドキが止まらないんだもん♥　んんぅ……どうしてだろう……本当はイケないことだってわかってるのに、エッチな気分が止まらないよぉ……♥」

蕩けた顔で抱きつき、俺の股間へ、絶頂したばかりの秘部を擦りつけてくる。

「うっ、んんぅ……な、なんてことを……わたくしの前でなんてはしたない……くぅ……」

今まで静かだったベネノが、苦しそうに自分で身体を抱きかかえる。

「うっ……と、とにかく早くこの場……あうぅ……」

そうやら逃げ出そうとしているようだが、思うように力が入らないようだ。

「ふふ、どっちも完全にハマってしまっているみたいだな……いいぞ、クリシス。望み通りに、この場でこのままセックスだっ」

「わーいっ♥」

「なっ!?　あ、あなたたちには、恥じらいというものが……うっ……」

驚くベネノを無視しながらも、より見えやすい位置で、クリシスを後ろから抱く。

そして股布をめくり、すでにガチガチに勃起した肉棒を、準備万端の膣口にあてがった。

「んんぅ……あっ、後ろからしちゃうの？」

「ああ。このまま、あいつに見せつけてやるぞ」

「ああっ!?　きゃはあぁんっ♥」

熱くほぐれたクリシスの膣内は、相変わらずかなり狭い。

しかしぬるぬるの愛液で引っかかることなく、根本まで一気に受け入れてくれた。

「あぐっ、くんんぅっ！　お兄ちゃんので、いっぱい広げられちゃうぅ……ふああぁんっ♥」

「ん……この肉棒を熱い肉の中にねじ込む感触。たまらないな」

「はあっ、はんんぅ……わたしもオマンコの中が、お兄ちゃんのおちんちんの形に広げられるのが、すごくゾクゾクしちゃうよっ♥　んんぅ……でも今日はいつもより、もっと喜んじゃってる感じがする……んんぅ♥」

「やっぱり、クリシスは見られると燃える性格なのかもな。ほら、ベネノがまだ見てるぞ」

「くぅ……へ、ヘンタイ……」

未だに逃げ出せずにいるベネノが、強がって睨んでくる。

しかしその視線さえも、クリシスには快感の燃料となっているようだ。

「ふああぁんっ♥　あぁぁ……ほんとだぁ♪　んんぅ……ベネノに、わたしとお兄ちゃんの繋がってるとこ見られちゃって恥ずかしいのにぃ……んんぅっ!?　はんんぅっ♥　気持ちいいゾクゾクが、止まらないよぉっ♥」

「くっ!?　ものすごい締めつけだな。まだまだ欲しがっているみたいだから、いっぱいかき回してやろうっ！」

「んんんぅっ♥　うんっ、お兄ちゃんっ、あぁぁっ♥」

細い手をしっかりとつかみ、後ろから勢いよく突いた。

「あっ、あうっ、んはあぁぁっ♥　あっ、最初から激しいぃ……んあっ、いいぃっ♥　んっ、くうぅぅんっ！」

ベネノへ見せつけるように腰を打ちつけていくと、クリシスが嬌声をあげる。

「やぁ、ん、お兄ちゃんのおっきいおちんちんでっ、いっぱいまたかき回されちゃってるぅっ♥　ふあっ、んっ……」

こんな広い場所で、人に見られながらの行為。

そんな特殊なシチュエーションは、クリシスの羞恥心を煽り、さらに快楽を増していっているようだ。

「あぁっ、ん、はぁっ、んくぅっ……もっとほしいぃ……お兄ちゃん、いっぱい突いてっ、突いてぇぇっ♥」

「はは。どれだけ欲しがるんだ？　クリシスは」

一度絶頂を味わっているはずだが、まったく性欲が衰えることなく、むしろ逆に感じまくっている。これではむしろ、俺のほうが先にやられてしまいそうだ。

「あっ、あぁぁんっ！　はうぅ……パンパンてエッチな音がいっぱい出ちゃってぇ……んっ、んんぅっ！　わたしのいやらしい姿っ、いっぱい見られちゃってるぅっ♥　ふあっ、はあぁっ♥」

全体的に小柄なクリシスだが、出ているところはきちんと出ている。健康的でつややかな肌の尻は、打ちつけるたびに、元気に震えて揺れる。

「あっ、あああっ♥　どんどん激しくなってるぅ……お兄ちゃんのパンパンがっ、奥のほうまで響いてきちゃうぅっ♥　きゃうっ、くうぅんっ♥」

突き出すたびに跳ねるツインテールの様子も、実に艶めかしくてエロい。

そんなクリシスの、魅力的で欲情を誘う後ろ姿に、いつの間にか腰の動きにも力が入ってしまう。

「はうっ、くんううっ!?　ひゃあぁぁんっ♥　ああぁ……勝手にまた、アソコが熱く震えちゃうのぉ……んっ、んああぁっ♥　また頭の中がっ、白くとんでっちゃうぅぅっ♥　はうっ、あああっ♥」

絡みつく膣襞と、掴んで離そうとしない膣圧に、射精感が高まってきた。

「くぅ……いい締めつけだな。これはもう本気でするしかなさそうだっ！」

「きゃあぁんっ!?　はうっ、まだ激しくしちゃうのっ!?　んひぃぃんっ♥　ふあっ、あああっ♥」

細く小柄な腰をしっかりと掴み、プルプルの尻に当てるようにして全力のピストンで責め立てる。

「あっ、あうっ、くんんぅっ♥　白い世界にぃ……また身体が浮いてっ、とんでいっちゃうぅっ♥　ふあっ、はうっ、んんぅっ♥」

「くっ……出るっ！」

ドックンッ！　ドビュルルルッ！　ビュッ、ビュクルルルルッ!!

「んひゃあああぁっ♥　またっ、イきゅううううぅぅぅぅっ♥」

ビクつく膣奥へ、溜めていたものを一気に放出させる。

「ふはっ、はあぁんっ♥　んああぁあぁ……見られながらっ、こんなにいっぱい出してもらえてぇ……ひゅぐぅんっ!?　くはあぁ……しゅあわせぇ～～……♥　ああっ……」

射精で跳ね上がる肉棒と一緒に、クリシスは何回も背中を震わせ、全てを受け止めた後には、カクンと膝を折った。

「え？　お、おっと……」

彼女の身体を抱きかかえながら、ゆっくりと引き抜き、仰向けにする。

「あんんぅ……お兄ちゃん、これでよかったぁ？　はあ、はあぁ……」

「ああ。素晴らしくいいセックスだったぞ」

「んふふふ……わたしも、しゅごかったよぉ……♥　はふぅ……」

もう、十分に役割を果たしてくれた。

そんなクリシスに感謝をしながら、俺の上着を床に敷き、その上に優しく寝かせる。

「……さて、と」

「あ、ああぁ……んんぅ……」

瞳を閉じて、気持ち良さそうに微笑むクリシス。

その向こうで、ベネノは地面にへたり込んで、震えていた。

「な、なんてことしているんですか……あなた達は……ふうっ、ふうぅ……んんぅ……」

「ふん。思った通りだ。ベネノ、お前はクリシスを操るために、感覚を共有――いや、同期をしていたな？」

「なっ⁉　なぜそれをっ……あんんぅ……」

セックスの間も俺が常に様子を見ていたのは、クリシスではなく、むしろベネノのほうだった。

「お前のスキルは、相手の感情や次の動きを読み取る能力だったな。ただし、それは能力の一部でしかなかった」

ベネノは俺を軽く睨みつけながら、話を聞いている。

クリシスと同期していたのならば、彼女の快感も、そして絶頂も同時に得ていたはず。目は潤み、頬を染め、腰が抜けたようになっている姿を見ると、それは間違いないだろう。

「他人の思考を読み取るときに、より深く同期すると、相手を操ることもできるようになる。そうじゃないのか？」

「……話すと思っていますの？」

「違うとは言わないんだな」

俺がそう言って笑いかけると、ベネノは忌々しげに顔をしかめる。

「さっきのクリシスの様子がおかしいところから、その可能性を思いついたんだ。お前のスキルは過小評価されたのか、させたのかわからないが間違っていると」

「んあっ、はあぁ……見事ですわね……」

恍惚としているクリシスの姿を見ると、ベネノも絶頂の余韻の中にいるはずだ。

その気になれば、今、この瞬間に殺すことも可能だが……。

同期しているのならば、クリシスにも何らかの悪影響があるかもしれない。

それに、ベネノの新しいスキルを見て、あることにも気付いた。

「その力を使って、ローシに勝ったのか？」

「んんぅ……そうですわ。ローシにも同じように使い、そのカリスマ性を利用して、わたくしの軍を勝利に導きましたの……んんぅ……」

「……そういうことか」

ローシのスキルの影響を強く受けていた人間ほどに、ベネノの策は効果を発揮したのだろう。

能力を利用されたことにローシが気付いたかは分からないが、おそらくは、身近な側近ほど逆催眠のようになったはずだ。

自分を裏切るはずのない人間が、急に反旗を翻す。

カリスマスキルに自信を持っていたローシには、あまりにも効果的だっただろう。

「……だがまだ、ベネノのスキルについて、いくつかわからないことがある」

「はあ、はあ……何かしら？」

「その同期スキルはすぐに解除できないのか？　それに、今まで、同じような目に遭ったことはなかったのか？」

「同期させた後は、すぐに解除はできませんわ。それに、同時に使用できる人間も限られていますわ。クリシスの前にあなたに対して使っても、ほとんど効果がなかったでしょう？」

「ああ、あのくらっときた感じのときか」

「ええ、そうですわ。先にクリシスに使い始めていたのです。それに、まさかわたくしの前で、わたくしと同期している相手と、あのようなことをするような不敬な人間など、居ませんでしたし」

「それは……そうだろうな」

傍流であっても王女のひとりだ。謁見できる立場の人間には、ベネノが誰かと同期している最中にいきなり性行為をするような非常識な存在はいなかっただろう。

「まさかこんな副作用があるとは……今までこんな感覚、味わったことない……あぅっ、くぅ……」

「快楽も共有できるとは知らなかったようだな。まあ俺も、クリシスの妙な変化に気づいていなければ、わからなかっただろう。とはいえ、半ば博打のようなものだったが……まさか、こうやってハマってくれるとは思わなかったぞ」

「うっ……ち、近づかないでっ！　んんぅ……」

ゆっくりと歩み寄る俺に、彼女は涙目になりながらも睨んでくる。

だが、クリシスから押しつけられた快感に震え、その瞳の奥は徐々に不安に変わっていく。

「そら。これで逃げられない」

「きゃあぁっ!?　くっ……」

両手を縛り、俺は簡単に捕まえることができた。

「ううぅ……まさかこんな反撃をしてくるなんて……んんぅ……なんて外道なんでしょう……」

そう言ってまだ睨んではくるが、まだ立てずにいるらしい。

腰が抜けるほど気持ちよかったようだ。

当の本人であるクリシスが未だに夢心地で横になっているのだから、当然といえば当然だろう。

「……それじゃあ、お前にお似合いの場所へ案内しようじゃないか」

「え？　なっ!?　くぅんっ……」

縛った両手を持ち上げ、引きずるようにして連れていく。

もちろん連れて行く先は、城になら必ずあるであろう、牢屋だった。


「くっ……こ、こんなことして……許されるとは思っていないですわよね……」

天井から伸びたフックへ縄をかけ、そこから吊り下げられたベネノは、やっとセックスの余韻が抜けてきたのか、強気にそう言って睨んできた。

「そんな怖い顔をしても、まったく締まらないぞ？　さっきまであんなにお楽しみだったしな。このむっつりのぞき娘め」

「の、のぞきって……勝手に見せただけじゃありませんか……このヘンタイ……」

「そのヘンタイ行為をずっと見続けていたお前も、相当なものだがな。もっとも、抵抗できなくなるほど、感じていたんだろう？」

「同期した状態を切断できなかっただけですわ。あんなことなど……」

思いだしたのか、顔がみるみる赤く染まっていく。

「もしかして、あまり経験がないのか？　それとも、俺とクリシスがしていることに、興味があってあえて同期を切らなかったのか？」

「きょ、興味なんてあるわけありませんわ！」

「本当にそうか？　そんなことを言っていても、身体のほうはずいぶんと興味津々みたいだがな」

「え？　やっ、あううぅっ!?」

無防備な太ももを軽く撫でながら、内股で隠そうとしている股間へ手を滑り込ませる。

「んくっ、ふぁううぅ……な、なんて卑劣なのですかっ!?　こんな無抵抗の女性の大事な場所を、不躾に触るなんて……恥ずかしいと思わないのですかっ！」

「俺を殺そうとしていたんだ。この程度のことをされるくらいの覚悟もしていたんだろう？　報復だとすれば、卑劣どころか優しいくらいだろうに」

「あうっ!?　んくっ、や、やめ……そこは今、触ったらダメですっ！　嫌……んんんぅっ!?」

ギュッと閉じようとする内腿をこじ開け、布に覆われた部分を指先で触ると、すでにぐっちょりと濡れて、湿り気が伝わってきた。

「おや？　漏らしたのか？」

「くっ!?　やめなさいっ、このヘンタイっ……触らないでったら……あうっ、はぁ……ああぁっ！」

クリシスとの感覚共有の余韻が未だに残っているようだ。

嫌がっている割には、かなり反応はいい。

「嫌っ！　その汚い手をどけなさいっ！　あうっ、んんぅ……あっ、んくぅ……やめなさいってばっ！　ヘンタイっ！　最低男っ！　低位継承者のくせにっ！」

「蹴るな蹴るな。まったく……とんでもない乱暴お嬢さまだな」

かなり抵抗して、バタバタと暴れて面倒くさい。これなら脚も縛っておくべきだったか……。

「……ああ、そうか。こっちが嫌なら、もっといい場所で楽しむとしようか」

「は、はァっ？　なにを言って……ふにゃあああぁっ!?」

股間は一度置いておいて、暴れるたびにものすごく暴れていた胸を鷲掴みにする。

「ほう……見た目以上によく育っているんだな」

「うなっ!?　な、なにをしてるのっ!?　んんぅ……そこだって、あなたのためのものではないですからっ、触れるのをやめなさいっ！　きゃうぅ……ふあぁんっ♥」

イサーラと同じくらいの大きさの胸は、股間同様に感度もいいようだ。

「まだそんなことを言っているのか？　残念だが俺に捕らえられた時点で、もうお前の身体は俺のものだ」

「そ、そんな……そんなこと、認めないですっ。絶対に……んんぅっ!?」

「抵抗するだけ無駄だぞ。すでにもうお前はなにもできない。だからここも、ここも……すべて、俺のものなんだ」

「ひぃんっ!?　んあっ、やんんぅ……ああぁっ!?」

ビリビリと音を立てて服を引き裂き、あられもない姿にひん剥いた。

「ほう……」

全体的に引き締まった身体だが、大きな胸と尻がバランスよくついていて、とても蠱惑的だ。

それにシミ一つない、色白できめ細かい肌は白磁を思わせる。

芸術的でもあるベネノの裸に、思わず息を呑んだ。

「こう見ると、なかなかに美しいじゃないか」

「くっ……あなたに言われても、まったく嬉しくありませんわ、カダル……むしろ、虫唾が走ります……んんぅ……」

「別に褒めたわけじゃないがな。ただ、美しいものは美しいと素直に認めただけだ。お前も素直に認めたほうがいいんじゃないか？」

「んんぅ……なにを認めるのですか……？」

「俺に触れられるのが、気持ちいいということをだ」

「ふやぁぁんっ!?　あうっ、ま、また胸を……んくぅ……あうっ、きゃううぅんっ♥」

服の上からではあまりわからなかったが、揉むとすぐに指が沈み込むほどのふわふわな肉感。

これはクリシスとはまた違った、良質な爆乳だ。

「おお……まるで吸い込まれるような手触りじゃないか。これは素晴らしいっ」

「きゃうぅ……ふなあぁっ!?　んくっ、あうっ、そんな乱暴に揉んではダメ……あっ、んんぅっ♥」

しかも胸だけで感じるほど感度もいいようで、まさに弄るのが楽しくなる膨らみだった。

「ダメ？　ほんとうにダメなやつが、そんな甘い声を出すか？」

「えうっ!?　はううぅ……こ、これは身体が変になっているだけ……あなた達、ヘンタイの余韻が残ってるだけで……んあぁぁっ♥」

「あれからどれくらい経ってると思っているんだ？　感覚共有はとっくに切れてるだろ。今はお前自身の身体の反応だ」

「なんんぅっ!?　そ、そんなことないぃ……んんぅ……わたくしがこんなはしたないことで、感じることなんてないっ、ないぃ……あっ、はんんぅ……あうっ、くうぅんっ♥」

現実を受け入れないベネノが、首を横に振って否定しようとするが、白磁の肌は淡いピンクの色味を増して、興奮で発熱している。

そして胸の大きさに比べると慎ましい大きさの乳首は、ピンっと勃ってその存在を主張していた。

「感じてないなら、なぜここはこんなに可愛く起き上がってきているんだろうなっ」

「ひやあぁんっ!?　あっ、きゅうぅんっ♥　だ、ダメぇ……そこ摘んで引っ張っちゃぁ……あうっ、んくうぅぅんっ♥」

胸全体だけでなく、乳首までもが敏感に感じているようだ。

「んくっ、はっ、ああぁ……ダメっ、そんなに摘んで転がしたら……あうっ、んんぅっ♥　はあっ、はあぁ……もういい加減にっ、触るのダメぇ……んっ、んあっ、あうぅ……んはあぁっ♥」

「ダメダメと、まるで駄々をこねる子供だな、ベネノ」

「んんぅ……子供？　あんぅ……そんなふうに子供だと見くびる者に性的なイタズラを強要して……カダルという男は、幼女趣味のドヘンタイだったみたいですわね……。ふあうぅ……あぁんっ♥」

「ほう……では、そんな聞き分けのない大人の女には、それなりの対応をしてやらないとな」

「あうっ、またなにを企んで……きゃあぁっ!?　だ、だからそこは、やめなさいぃ……ああっ♥」

胸に気を取られている間に、再び股間へと指先を滑らせた。

「おお……これはまた随分と熱くなっているみたいだな」

「あうっ、くうぅ……んあぁっ!?　やうっ、んん……そんな……い、いま指が中に……あぁぁっ♥」

愛液が太ももにまで広がるくらいに、すっかり濡れてでき上がっている膣口に、軽く指先を入れ、中の様子を確かめた。

「ふむ……やっぱり思った通りに処女だったか」

「うなあぁっ!?　あぐぅ……絶対に許しませんわ……んんぅ……この恥辱、絶対に忘れないですからぁ……ああぁっ♥」

「さっきまでのじゃじゃ馬が、すっかりおとなしくなったじゃないか。感じすぎて力も出ないか……それじゃ、愛撫のついでだ。一回、イっとけっ！」

「んえぇっ!?　な、なんですのそれ……んんぅっ!?　ひうっ、くうぅんっ！　ゆ、指をそんなに動かしちゃっ、やあぁぁっ！　あっ♥　ああぁっ♥」

新品の膣内をしっかりほぐすように、少々手荒にかき混ぜる。

「んいぃぃっ!?　ひあっ、やんっ、なんですのっ、これぇ……変な気持ちでいっぱいになって、身体が浮き上がってしまうぅ……あぁぁっ！　んくっ、んやっ、ダメダメダメえぇぇぇぇっ♥」

びゅっ！　と、愛液を飛ばすほどに、ベネノは気持ち良く絶頂したようだ。

「ん？　おおっ……潮まで噴いて……そこまで感じるとは……行為など知らないという顔をしてエロいとは、やはりむっつりだったようだな」

「んあっ、はあっ、はあぁ……な、なんですのこれぇ……んんぅ……こんなの初めてですわぁ……

はうっ、んんぅ……」

「もしかして、絶頂も初体験だったか。どうだ？　生身できちんと感じるのは。共有していたときとは比べものにならないくらい、気持ち良かったんじゃないのか？」

「んんんぅ……くうぅ……そんなわけないでしょう……あんぅ……あなた達下級のヘンタイと一緒にしないで……はあっ、はぁ……」

あくまでも、気持ちではまだ抵抗しようとしているらしい。

しかしもうベネノの身体は、俺を受け入れる準備ができていた。

「それじゃあ、上級のむっつりお嬢様には、たっぷりと下級のヘンタイっぷりを味わってもらおう」

「んんぅ……ち、近づかないで……あうっ!?　な、なにをして……あんんぅ……」

身動きのできないベネノの、濡れた膣口をよく見えるようにして、脚を片方持ち上げる。

「ふむ……よく見ると、本当に濡れまくってるじゃないか。まさか継承権第三位のお嬢様が、自分で慰めていたなんてことはないよな？」

「くぅ……そういう下衆の勘ぐりで、よくそんなことを考えつくものだわ……んっ、あんぅ……」

「おや？　そう言いながらも、ここはヒクついて切なそうだぞ」

「ひうぅ……んあぁんっ♥　あっ!?　くうぅ……」

改めて確かめるように膣口をなぞると、甘い声を出した。

「この反応の仕方は……。一度は経験した者の反応のようだが……正直なところ、どうなんだ？」

「なっ!?　あ、あなたには関係ないでしょう……んんぅ……」

明らかに動揺している。まあ少なからず、オナニーの経験はあるんだろう。

「ふん、関係なくはないだろう？　これからお前の、初めての男になる相手だぞ？　俺は」

「ま、まさか……本当にこのまま……」

「ああ。たっぷり味わってもらおうか」

最大限に勃起した肉棒を掴み、ベネノの膣口に亀頭を押しあてる。

「嫌……ダメっ、入れないで……嫌っ、いやあぁっ！」

首を振って嫌がる彼女の膣内へと、一気にねじ込んでいった。

「んぐうううっ!?　あぐっ、痛っ……きゃうううぅっ！」

ブチブチと処女膜が破れていく感覚がしたが、躊躇なく押し入れていき、一気に根本まで打ち込んで、ベネノのまっさらな膣内を貫いた。

「ふぅ……さすが処女だと狭くて、全部入れるのにも一苦労だな」

「あぐっ、んくっ、んぐぅ……そんな……こんな卑劣な男に、わたくしの初めてを……くっ、うぅ……しかも立ったまま乱暴にだなんて……んくぅ……最低ですわ、カダル……んんっ、はあぁ……あんぅ……」

そう言って、すぐ近くで睨んでくるベネノだったが、その言葉とは裏腹に、膣口はもうすでに、キュッと締めつけてきている。

「最低と言っている割には、きちんと受け入れているみたいだがな」

「んくっ、んんぅ……無理矢理、受け入れさせられただけですわ……誰が好き好んであなたのものなんて……」

「まあ、まだ入れただけだからな。これからその最低がどう変化していくのか……楽しみだなっ！」

「ふゆうぅんっ!?　あぐっ、くっ……んあぁぁっ！　あっ、ま、待ってて っ！　まだ動くのは……ひあっ、きゃんんぅっ！」

かなり窮屈な膣内でギチギチに詰まっている肉棒を、何の躊躇もなく大きく前後に動かしていく。

「んぐっ、くんんぅ……はあっ、はあっ、あうぅ……な、中が引きつって……わたくしの中身まで引っ張られてしまうぅ……んくっ、あぐぅぅ……」

初体験はきっと痛いに違いないが、ここで同情する気にはならなかった。

というよりも、そもそもベネノには、その同情はいらない。

「んあっ、はんんぅ……あっ、んんぅっ！　はうっ、んんぅ……な、なんですのこれぇ……んっ、んんぅ……あなた、またわたくしに、なにか変なことをしてるでしょう……あうっ、んんぅっ！　で、でないとこんな……こんな変な気持ちにっ、またなってしまうなんてっ、ありえませんわっ……あぁあっ♥」

「おいおい……これはまた随分と順応が早いな」

痛がっていたのは最初の数往復だけで、すぐに俺の抽送に慣れてしまったらしい。

「はうっ、んんぅ……そ、そんなことない……あなたがおかしなことをいっぱいしたから、身体がきっと勘違いしているだけ……んっ、んはあぁっ♥」

かなり感じているらしく、甘い吐息と共に、大量の愛液が漏れ出していた。

「はうっ、んはあぁっ♥　あうっ、くんぅっ！　ぜ、絶対っ、なにかしてるはずですわ……あんぅ……どこまでも卑劣なことを……あっ、ああぁっ♥　こんなことをして、あっ、んあぁぁっ♥」

「やれやれ……まあ、俺がなにを言ったとしても信じないだろうがな」

「んくっ、んんぅ……当たり前ですわっ……んっ、あんぅ……こんなひどいことをする人の話なんて、誰が……んんぅ……ああぁっ♥」

自分の感度の良さを棚に上げ、ベネノはありもしない俺の『策略』に怒りを感じ、睨みつけてくる。

しかし、その目はすでに快楽に潤んでおり、迫力などなかった。

「あっ、くっ、んんっ……♥　でも残念でしたわね……こんなことをしても、わたくしは負けなっ、んくぅんっ!?　やうっ、んんぅ……んはあぁ♥」

力強く突き上げると、さらに良い声を出して喘いだ。

「ははっ、威勢のいいことを言おうとしても、ここはもうこんなに吸いついてきてるぞ」

「やうっ、そんなことぉ……。んはあぁっ♥　あっ、やうぅ……こ、声が出てぇ……んはぁっ♥」

そう言いながら腰を動かすと、彼女はあられもない声をあげた。

「しかし、初めてでここまでわかりやすく感じるとはな」

憶測だが、クリシスという経験者の感覚を共有したために、最初から痛さよりも快感のほうが上回ってしまい、むしろ快楽にどっぷり浸かっている……。そんなところなのだろう。

「んあっ、やんんぅっ♥　はうっ、はあぁ……なんでこんな……んっ、んんぅっ♥　わたくし、初めてなのにっ、なんでこんなに身体が火照ってぇ……あうっ、んあっ、ああぁっ♥」

まったく手心を加えない、ただ俺のしたいようにする手荒なピストンだったが、ベネノはますます感じているようだった。

「はうっ、くんぅっ♥　んあっ、あぁぁ……熱くなり過ぎて頭が働かないぃ……んっ、んんぅっ♥　こんなの絶対っ、おかしぃ……おかしすぎるぅっ！　ふあっ♥　はうっ、あぁぁっ♥」

止めどなく溢れ出る愛液。異常なまでの膣口の締めつけ。

まだ少し残る処女膜の名残（なごり）が、鈴口を擦ってくるのも、たまらなく気持ちいい。

「んあっ、あぁぁ……な、なにかおかしいですわぁ……あうっ、んんぅ……お腹の奥のほうで、熱いものが溢れてしまいそうでぇ……」

ぐにゅんっ！

「んいぃんっ!?　ひうっ、くにゅううぅぅ～～っ♥」

「おっと……凄いな。まさか処女なのに、子宮が迎えに来るとは思わなかったぞ」

予想外にも子宮口が下がってきて、亀頭の先にきゅっと吸いついてきた。

「はあっ、はぁ……し、子宮って……んんぅ……そ、そんな大事な場所を……あんんぅ……い、嫌っ、嫌ぁ……そんなところで動いちゃ……」

「どうなるだろう……なっ！」

もちろん迷わず、そこを思いっきり小突く。

「うやあぁあぁっ!?　んくっ、んぐうううぅぅぅぅっ♥」

これもまた思った以上にハマったらしく、全身をビクつかせて、ベネノは絶頂していた。

「んくっ、んはあぁ……はあっ、はうぅ……さっきのよりぃ……すごい衝撃でぇ……あんぅ……とびすぎて記憶がぼんやりしちゃってますのぉ……あんんぅ……」

「ほう……最初からここでイクとはな。もう気付いているんだろう？　お前の身体は、俺からの快感をしっかりと受け入れていることを」

「あんんぅ……う、ウソっ……ウソですぅ……はあっ、はあぁ……わたくしがカダルに全部を許してしまうなんて、ありえないぃぃ……」

「まあ、認めなくてもいいさ。どちらにしても、もうお前は俺のものになるんだからなっ」

「ひいぃぃんっ!?　やうっ、くううぅんっ♥　う、動いてはダメですっ……こんな敏感になっているのにっ、激しくは……あっ♥　あぁあぁっ♥」

絶頂の余韻で震える膣内をかき回し、粘つく愛液を泡立たせながら、さらに責め立てていった。

「あうっ、んくっ、んはあぁんっ♥　こんなに続けて気持ちよくなったらぁ……頭がおかしくなってしまうぅ……んひいぃんっ!?　あうっ、な、なに？　今の……んんぅっ！　中で今、ビクンって大きく震えて……あうっ、ふなあぁあぁあぁっ♥」

コリっとした熱い子宮口の吸いつきに、俺ももう我慢できなくなってきた。

「くっ……そろそろだ。覚悟はできてるだろうな？」

「んあぁっ♥　あうっ、んんぅ……な、なんの覚悟をしろというのです？　あうっ、ふあぁんっ♥」

「孕む覚悟だ。ここにたっぷりと子種を仕込んで、俺のものにしてやるからなっ！」

「ええぇっ!?　い、嫌あぁっ！　ダメですっ、絶対ダメですのっ！　んくっ、んんぅっ！　やめて

っ！　そこに出したら妊娠してしまうぅ……あぁぁっ♥」

いまさら無駄にジタバタするが、膣内はガッチリと俺を咥えこんで放さない。

「はうっ、んんっ！　嫌っ、嫌あっ！　妊娠なんてっ、絶対っ、ぜったいっ、いやああああぁっ！」

「ベネノ……俺のものになれっ！」

ドププッ！　ビュクルルッ、ドピュッ、ドピューーーーッ!!

「んいいいいぃいっ♥　嫌らっ、ダメえええぇぇぇぇっ♥」

新品のまっさらな膣奥へ、たっぷり注ぎ込む。

「あぐっ、んくうぅ……ふはあぁ……だ、出されてりゅぅ……んんっ、んはあぁ……子種があぁ、お腹の奥で広がってぇ……んんっ、んはあぁ……真っ白になって溶けてゆきゅぅ……♥」

「くっ……!?　すごい吸いつきだな」

まるでごくごくと飲むようにして、ベネノの子宮口が精液を取り込んでゆく。

「ふはっ、んはあぁ……こんなしゅごいものを教え込まれたらぁ……はあっ、んはあぁ……もう抜け出せなくなりゅうぅ……♥」

口元を緩ませ、うっとりと微笑む。その瞳にはもう、反抗的な光はない。

「……ベネノ。俺のものになれば、この快楽を存分に味わえるぞ」

「んんぅ……あっ……それは素敵ですわぁ……♥」

「ふっ……今までのことは水に流してやる。だから今後は俺の元に来い。そして俺のものになれ」

「あんんぅ…………はいぃ……♥」

こうしてベネノは完全に、俺に堕ちた。


拘束を解き、腰が抜けたベネノをお姫様抱っこで抱えて牢屋から出ると、顔を赤くしながらぽつりとつぶやいた。

「わたくしの完敗ですわ……」

「まあ、今回は俺も半分運任せだった部分があるからな。完敗とまではいかないだろう。それにしてもベネノのスキルはすごいな」

「え？　そ、そうでしょうか…………でも、気持ち悪いと思わないのですか？　自分の考えが読まれるのは……」

「いや、別に。そもそも俺は内心が顔に出るタイプだからな。表情を見てればすぐに見破られることが多いし、今更だ」

長く付き合ってきたイサーラならば、ベネノと同じくらいは俺の考えを把握できそうだ。

それに、クリシスも似たようなところがある。

俺が考えていることがわかる相手が、二人から三人になったところで、大した違いはないだろう。

「……初めてですわ……わたくしのスキルを体験して、そんなふうに思っている方は……」

俺の思考を読み取ったのか、本心からの言葉だと理解したようだ。

おそらくだけれど、ベネノ自身も自分の持つスキルについて悩んだこともあったのだろう。

周りの知りたくもない感情を知ってしまったり、知らなければよかったと思うことを知って、孤独を感じたりして……。高飛車なのも、きっと自分を守るためのものなのだろう。

「とにかく、これからは俺のためにそのスキルをフルに使ってもらうぞ」

「負けたのですから、しかたありませんわね」

「もちろん、報酬はあるぞ？　さっきのような快楽だ。嬉しいだろう？」

「負けて嬉しいだなんて、思うはずがありませんわ！」

「そうか？　顔に出ているぞ？」

「なっ!?　そ、そんな訳ありませんのっ！」

「俺ほどじゃなくとも、ベネノも実は顔に出やすいタイプなんじゃないか？」

「そ、そんなことは……言われたこと、ありませんわ」

「そうか？　でも、お前が望むだけの報酬を与えると、約束しよう」

耳元に口を寄せてそう告げると、ベネノはますます顔を赤くしていく。

「……わかりましたわ。負けを認めますから、きちんとわたくしの面倒を見てくださいまし」

「ああ、それは安心してくれ」

「ふふ……はい♪」

どうやら、一応気に入られたみたいだ。

こうしてベネノが味方になったことで、俺はついに、継承権1位へと迫ることができるようになった。

第四章　最後の一手

残っている相手で、敵対されたら脅威となるのは継承権1位となっているホズンだけ。

……そう思いたいところではあったが、やはり簡単にはいかないようだ。

下位はお互いに食い合うように数を減らしている。彼らが弱った状態になると悲惨だ。

有力貴族たちが上位の継承者におもねるときの、貢ぎ物のような扱いをされている者もいる。

直系、傍系を含めれば三桁近くいた王位継承者も、今回の戦いで一桁まで数を減らした。

王位にあと少しで手が届く。

そんな立ち位置に今の俺がいるのは、多くの幸運にも恵まれたからだろう。

そうでなければ、どこかで破れ、死んでいたはず。

もしくは、誰かの元で死んだように生きていくことになったか。

だが、一度は負けても諦(あきら)めず、ツブされることなく力を得て戻ってくる存在もいた。

そう——継承権の元1位だったローシだ。

ベネノに敗北してから、どこかに身を潜めていたが、再び勢力を盛り返してきている。

ローシに勝利をした後、ベネノがそのまま2位にいれば、状況は少し違っていたかもしれない。

しかし彼女はすぐに俺に敗北し、従うことを選んだ。

なので、ベネノに従っていた一部が俺の下につくことを良しとせず、ローシの元へと集っているようだ。元々のローシ派ももちろん戻り始めている。

カリスマスキルの影響もあるだろうが、自分の下に来た人間をたちまちまとめあげ、再び継承権争い加わることができる状態にまで立ち直っていた。

王が生きていた頃から継承権1位だったこともあり、人格に問題があったとしても、貴族からの支持も厚く、派閥としての力もかなり強化されているようだ。

さらに、こちらもスキルの影響なのか、ローシ軍の兵士達は練度が低くとも士気は高い。

死兵じみた相手では、多少の兵力差などないも同然だ。

やはりローシ陣営を突き崩すのに必要なのは、ローシの排除。それが難しいのならば、彼自身のスキルをさらに解明し対抗することだろう。

「……という結論に達したんだけれど、どうだろう？」

軍議――と言うには少しばかり場所が悪いが、寝室のベッドの上で、イサーラとクリシス、そしてベネノに俺はそう尋ねた。

「そうですわね。ローシのスキルは他人を従える魅力――カリスマを強化するようなものですわ。これは知っていますわよね？」

「本人が自慢げに話して回っていたからな。有名な話だ」

スキルは秘すべきものと、オープンにしたほうが効果のあるものがある。俺は前者で、ローシは後者だ。

「ええ。わたくしも実際にスキルを使用しているところを何度か見ましたけれど……演説によって、すべてを掌握する。そう言っても過言ではないでしょうね」

「それほどなのか」

「ええ。わたくしもスキルを使用するときは、ローシのスキルの影響を受けないように細心の注意を払いましたわ」

「そうしなければならないほど、強力なスキルというわけですか……」

ベネノの言葉に、イサーラが考えこむ。

「反則だよね〜」

「クリシスの『絶対防御』だって、そう言われるくらいに強力なスキルだぞ？」

「私のは自分と、自分の大切な人を守ることくらいだよ？」

「不特定多数。しかも相手を選ばずに発揮されるスキルの厄介さは、カダルならばわかるのではなくて？」

そう言って、対決した経験を持つベネノは真面目な顔をした。

たしかに、俺のスキルである幻影も、範囲は狭いが不特定多数に効果があるという点は似ているのか。

「それは、お兄ちゃんの幻影なら、ローシのスキルをどうにかできる可能性があるってこと？」

「どうだろうな。そればかりは、ローシのスキルを実際に、できれば間近で見てみないとわからないな」

「……また、無茶なこと考えてない？」

「カダル様。スキルは、強力であるほど代償や制限がある……というものではございません。常に最悪の事態を想定すべきです」

クリシスがジト目を俺に向け、イサーラが心配そうに諫めてくる。

「わかってるよ。けれど、対策を考えるにしても情報が足りないな……」

「たしかに、ローシのスキルが、どのような条件で発動するのか、わたくしも完全に把握をしているわけではありませんし」

「うーむ……感覚を共有したとき、ベネノ自身はそれにかからなかったんだよな」

「ええ。実際に合わなければ効果がありません。スキルの影響下にあっても、個々人の態度にはバラツキがありましたわ。自分の言葉に従う人形を、完全に作り出せるというものでないのは確かですわね」

「……ということは、少なくとも、ローシのスキルは自分と直接会った者にしか届かないのは確か」

「その点は間違いないでしょうね。ただ……直接会う、というのが、ローシと会話を交わすことなのか、目を合わせることなのか、同じ部屋にいるだけでもよいのか……その辺りについては、はっきりとわかりませんわ」

「近づくだけで、ローシの言うことを聞きたくなっちゃうのかな？」

「そこまでではないかと思います、クリシス様」

「イサーラがそう思う理由はあるのか？」

「先帝陛下がご存命の頃でも、ローシ様の周りには熱心……いえ、狂信に近い人間も少なくありませんでした」

「何度か遠目に見たくらいだけれど、そんな感じでしたわね」

「はい。しかし、王城の全ての人間がそうなっていたわけではございません。それに、そんなローシ様を疎み、排斥しようとしていた貴族が全ていなくなったという話もございません」

「自分を中心にした空間に作用するとか、もしくは目を合わせただけで効果があるわけじゃない……という傍証にはなるな」

「ですが、それは昔の話ですわ。継承権の争いの最中に、新しいスキルの使用方法を得ていないとも限りませんのよ？」

「ベネノみたいにか？」

「ふふっ、わたくしのあれは、最初から使えましたわ。ただ、隠していただけで」

妖艶とも言える笑みを浮かべ、俺の頬に手を伸ばしてくる。

その仕草、すごく色っぽいな。だが、今は軍議が優先だ。楽しむのならば、後にしよう。

彼女に告げるように、声に出さすに内心で考えると、ベネノはほんのりと頬を染める。

「そういうことは、口に出して言うものですわ」

「お兄ちゃん、何を考えていたの？」

「ベネノ様に対して、色っぽいとか、魅力的とか、そのようなことを感じているような表情をされていましたね」

「さすがイサーラだな。正解だよ」

「むーっ、そういうことは、もっとわたしにだって言ってもいいんだからね？」

「クリシスは可愛いよ」

手を伸ばして頭に手を置く。柔らかな感触を楽しみながら、ゆっくりと髪をすいていく。

そんな俺をイサーラがちらりと見てくる。

「イサーラのことも大切に思っているよ。でも、いくら本心であっても、軍議中にそんなことを口にするのは不謹慎だろう？」

「思うのも口にするのも、たいした違いはありませんわよ？　それに、わたくし達しかいないのですから、そのくらいは問題になりません」

「カダル様はわかりやすいですから」

「わたしももっとがんばって、お兄ちゃんのこと、わかるようになるから♪」

「そうか。ありがとう」

三人の愛情に応えるように笑顔を向ける。

「では、軍議に戻るとして……愛するみんなを危険な目に遭わさないためにも、ローシをどうにかしたい。何か方法はないか？」

「重要なのは、ローシ様のスキルの影響を受けないようにすること。そのために必要な情報の収集でしょう」

俺が考えているように、イサーラも思っているな。

ローシとの戦いも、最後は直接の対決になると踏んでいるのだろう。

「あう……。直接、心に作用するようなスキルなら、わたしの『絶対防御』じゃ防げなさそうだよ……」

「今回のは仕方ないさ。でもたぶん直接対面することになったときに、クリシスのスキルを発揮してもらうタイミングがきっとくるから、そのときはお願いするな？」

「うんっ！　任せて！」

クリシスは俺の腕にぎゅっと抱きついてくると、気持ちよさそうに目を細める。

ローシが使用できるのが、俺達の知っているスキルだけならば、おそらく問題はない。

だが、俺にイサーラがいるように、ベネノがその力の一端しか見せていなかったように、ローシの本当のスキルが違う可能性は否定できない。

ひと当てして、確かめてみる――などと、簡単にはいかないよな……。

それでなくとも継承権争いで、国は疲弊し、民の数はすでに減っているんだ。

これ以上、争いを大きくし、長引かせるとなると、他国に付け入る隙を与えるどころか、国を滅ぼされかねない。

となれば、できるだけ短期間に、被害の少ない方法でローシを倒すべきなんだが……。

「難しいと思いますわよ？　わたくしはスキルの相性が良かったからこそ勝利いたしましたけれど、本来は簡単な相手ではありませんもの」

たとえば幻影で偽の部隊をつくり、そちらを注視させるとする。

だが、もしも目を見るのではなく、ローシのいる場所を中心とした範囲に影響を及ぼすスキルだったら？

「……そうだろうな」

「……直接、戦闘をして試すのは、さすがに少しばかりリスクが高いな」

「んー。精神系のスキルに対しても『絶対防御』が有効なのか、もっと試してみる？」

「ああ。後で色々と試してみよう」

残念だが、今、俺の下にいる人材で、心に作用をするようなスキルを持っている人間はいない。

そもそも人間の心へ影響を与えることのできるスキル持ちは、希少だ。

「ローシからお兄ちゃんを守れるように、がんばるっ」

クリシスは胸の前で両手でぐっと握り、拳をつくる。

スキルは生まれ持ったときから増えたり減ったりすることはない。だが、経験を詰むことでより強力になったり、変化することがあるのだ。

そういう意味では、クリシスの『絶対防御』の変化に期待をしたい。

しかし、スキルが変化をする可能性があるのは、俺達の側だけではない。

ローシのスキルが変化、または進化をしていないなどと、自分に都合の良いように考えて行動すれば、敗北は必至だろう。

やはり最大の問題であり、最初にすべきこととしては——ローシのスキルについての情報を集めることか。

「リスクはあるが、俺が潜りこんで調べるしかない」

「ええっ!? お兄ちゃんがローシに操られちゃったらどうするの？」

「イサーラの情報や、ベネノがスキルを使用したときの話からでも、分かっていることはあるだろう？」

「でも、どちらも確定じゃないんでしょう？」

「そうだが、このままでは正面からの戦いになるだろう。そうなれば、数千、数万の人間が死ぬことになりかねない」

「それは……」

「まったく、カダルは優し過ぎますわ。王への道は血に塗れているものですわよ？」

「それは否定しない。だが、その血が少ないのならば、それにこしたことはないさ」

「わかりました。ですが、本気で情報を収集しに行くつもりですの？」

「俺には幻影があるからな。それに他の人間だと、操られていてもわかりにくいだろう。もし俺がおかしくなっていれば、三人は気付いてくれるだろう？」

「ええ、それは約束いたします」

「お兄ちゃんのことは、いつも見てるから、変なとこがあったらすぐにわかるよっ」

「……簡単に操られるような体たらくでしたら、わたくしがもう一度、王位を目指して立ちますわよ？ そんなことをしなくて済むように、気を付けなさい」

三人の気持ちが嬉しい。そして、彼女達と今の暮らしを守るためにも、独裁的な性格のローシに、国を好きにさせるわけにはいかない。

「大丈夫。ローシに俺だって気付かれないようにするし、近づくときもできるだけ目を合わせないようにするつもりだよ。ああ、そうだ。ベネノはローシと同期して、そのスキルを利用したんだろう？　そのときは、あいつとどれくらい離れていたんだ？」

「表情を判別することができるくらいの距離だったかしら？　とはいえ、こちらは高い場所にいて、ローシを一方的に見おろしている状態でしたわね」

「……そうか。目を見るだけなら大丈夫かもな。確かめておく必要がありそうだ」

後は、俺のスキルがローシに通用するかどうかも、確認しておきたいところだな。

通用するのならば、彼のスキルに対抗する方法がいくつか思いつく。

「イサーラ、クリシス、ベネノ。少しの間、留守にするから、その間のことは頼むよ」

「はい、かしこまりました」

「がんばるねっ」

「……陣営のことはうまくやっておくから、心配はいりませんわ」

「ありがとう。三人がいてくれるから、こんな無茶なこともやれるんだ」

「ああ、あと……俺が留守にしている間に、兵達の準備も進めておいてほしい」

「戦争が起きる可能性があるということでしょうか？」

イサーラが言う。ベネノが読むよりも先に、俺の心情に気付いたのかも知れない。

「……ああ。もしも俺がローシに取り込まれて、この領地を攻めるようなことがあったら、遠慮なく反撃してほしい」

「そんなことにならないように、情報を集めに行くんでしょう？」

「ああ」

「それに、お兄ちゃんが攻めてきたら、わたしが『絶対防御』で突撃して、お兄ちゃんを攫ってくるから」

「では、そのときはわたくしが感覚共有を使って、正気に戻せないか試してみることにしましょう」

「スキルの影響を受けていても、私達のことを思い出していただけるように、よりいっそうご奉仕いたします」

心強い言葉に、俺は自然と笑っていた。

この三人に任せておけば、何があってもきっと大丈夫だと思える。そんな彼女達に出会えたことを神に感謝したい。

「ああ、そうだ。もう一つ、わがままを言わせてもらおうかな」

「あら、珍しいですわね。何かしら？」

「お兄ちゃんの望みなら、どんなことでもいいよ～」

「全力を持ってお応えします」

「そんなに真剣にならなくても大丈夫だよ。俺が留守の間に三人がもっと仲良くなって、お互いに理解を深めておいてもらえると嬉しい」

「はーい」

「ええ、そのつもりですわ」

「わかりました」

「一応、俺の妻になる予定の三人だからな。これからのことも考えると、必要なことだろう？」

「えっ!?　な、なんですのっ!?　急にそんな……っ、妻って……」

「え～？　ベネノは嫌なの？　お兄ちゃんのお嫁さんだよ？　わたしはとっても嬉しいけど」

「べ、別にそうは言ってなくってよ？　で、でもそういうのはもうちょっと、ムードを大切にしてほしいというか、スキルを使っていなかったので不意をつかれてずるいと言うか……」

ベネノ様は顔を赤くして、落ちつきなくそわそわしている。

「ベネノ様は、そういうところは可愛らしいですね」

「可愛いって……そういうイサーラこそ、妻にと求められたことをどう思っていますの？」

「私は死ぬその瞬間まで、カダル様のお側にいるつもりでしたから。それが、メイドという立場であっても、妻であっても気持ちはかわりません」

「あははっ、イサーラらしいねー♪」

「さすがはカダルの信者ですわね……」

ふたりは、呆れと感心の入り混じったような顔をしている。

「まさか、カダルにもローシのようなスキルがあったりしませんわよね？」

「そんなスキルがあれば、ローシのところに潜入しようなんて思わないって」

「その通りです。それに、カダル様はスキルなど無関係にとても魅力的な方ですから」

「それは…………否定はしませんけれど」

なんだかんだで、会話は良い感じのようだし、そこまで三人の相性は悪くなさそうだ。

「俺は明け方にはここを出るつもりだ。後は頼むよ」

これからしばらくの間は、彼女達とは別行動だ。そのことを思うと、どうしても寂しさを感じてしまう。

「重要な仕事の前ですけれど……あまり気負いすぎるのはよくありませんわよ？」

「そうだよ。お兄ちゃんひとりで全部しなくちゃいけないわけじゃないんだから」

「離れていても、私達がいることを忘れないでください」

「……そうだな。その通りだ」

結局。この夜、俺は――いや、俺達は出発まで眠ることはなかった。


ローシの屋敷の場所は、意外なほど簡単にわかった。

敗北して身を潜めていたときならばともかく、力を取り戻した今、隠す必要もなくなったということなのだろう。

俺達の知らないスキルがなくとも、ローシと向かい合えば、そのカリスマの影響を受けるのは間違いない。

ならば、堂々と居場所をさらし、敵が自分に会いに来るようにすればいい……ということか。

傲慢な性格は変わらず、自分の力を過信してくれているのならば、やりやすいのだけれど。

とりあえずは離れた場所に潜み、二日ほど様子を見ていた。ローシの姿を遠目に見るだけでは、スキルの影響はなさそうだ。

それに、スキルの影響を受けてはいても、全員が一律に同じような精神状態になるわけではないと、ベネノも言っていた。

もともと抱いていたローシに対する敬意や怖れを引き出し、強化するようなものなのかもしれない。それならば、もう少し深く調べることができるだろう。

屋敷にいた使用人らしき人間が外へ出かけていくのを見て、同じ姿になるように幻影を体の周りに纏って変装し、屋敷の中へと潜入することにした。

屋敷で働く人間と軽く話をしてみたが、自分の意思のない人形のようになっているというような感じはない。ごく普通の反応だった。

そして、ローシに対する感情もそれぞれ違う。崇拝に近いものから、下心だけで従ってるものまで、かなり幅広い感じだ。

実際には、ここで働いている下っ端の使用人のほとんどは、カリスマがまったく効いてない状態だった。

効いていたのは屋敷の中でも役職の高い者で、ローシに近い者ほど、熱狂的に崇拝しているようだ。

俺の予想を補強する結果となったが、もう少しスキルのことを詳しく知りたい。情報が欲しい。

とはいえ、あまり長居をしていては、変装している使用人が戻ってくる可能性がある。

なんとか、早めにスキルの謎を解き明かさなければ……。

わずかな焦燥の中、ローシの影響をあまり受けていない使用人を見付けることができた。

「ああ、あの旦那さまのスキルは声が重要だぞ。アレを聞くとおかしくなるんだ」

「おかしくって、どんな感じだ？」

「とにかく、旦那さまの言うことが全て正しいという気持ちになるんだ」

「そ、そうなのか……」

「ああ。しばらくすると元に戻るんだがな……」

使用人は疲れたような顔で溜め息をつく。

「何かあるのか？」

「くり返し聞いていると、だんだんと元に戻りにくくなるというか、そういうふうに考えるのが当たり前だと思うようになる」

「だったら、すぐにでも逃げたほうがいいんじゃないか？」

「いま最も王に近い方だ。付き従っていれば、美味しい目を見られるだろう？　それに、普通に給金もいいしな」

「たしかにそうだな」

「とにかく、旦那さまと話をしなければいいんだ。料理長でもなければ、直接話すこともないだろう？　だったら、普段は厨房に引っ込んでいれば、おかしくなることもない」

「……なるほど」

「お前の周りにもおかしくなったのがいるんだろ？　お互いに気を付けようぜ」

「ああ、そうだな」

自身のスキルについての情報は、かなり重要なはず。

それを使用人同士とはいえ、簡単に話すような状況だとは……。

スキルの影響を受けていない人間には、ローシは良く思われていないのかもしれない。

古参の貴族達は、当然のように自らに流れている青い血に誇りを抱いている。

純潔主義的というか、排他的なところがある。だからこそ、ローシに付き従っているのかと思ったが、スキルの影響を色濃く受けているからかもしれない。

もう少し、詳しいことを知りたい。

スキルの効果、有効時間、使用可能範囲。

何より、一度でもローシを主人として崇めるようにまでなった人間が、元に戻るのかどうか。

まだ隠されている、スキルの別の側面がないかも優先だ。

より広範に聞き込み、既知の情報であっても確度を上げるために、さらに潜入を続けた。

姿を何度か変えてはいたが、かなりリスクの高い行動をした自覚はある。

その見返りというわけではないが、調べていくと、色々と裏事情がわかってきた。

最初に聞いた使用人の話は、半分は合っていたが、半分は間違っていた。

というのも、スキルを発動した声を聞いただけでカリスマが作用するわけではなく、彼の姿も見てないと魅了されないらしい。

このスキルは一定の期間だけしか効果がないらしく、定期的にスキルを用いた演説をすることで、その地位を維持していたのだった。

こうして調査の結果、ローシのスキルは適切に対処すれば発動しないことを確認できた。

そしてやはり、傲慢すぎて人としてはクズだということも、わかった。

自分に従わない町を、村を襲い、兵達に好きに蹂躙させている。

自らも、気に入った女を閨に引き込み、気の向くままに弄び、飽きたら部下達へと下げ渡しているという。

残酷、好色、そして傲慢……か。

そのローシの評価は大げさなものではない。それどころか、おそらくは惰弱な本当の姿を打ち消そうとした結果だったのだろう。

こんな奴が王になったら、絶対にこの国は悪い方向にしか向かわないことが目に見えている。

無論、俺も人格者であるとは言いがたいが、それでもまだローシよりは少しはマシに、国民のことを考えることはできるだろう。

そんななので為政者としては参考にならない人間だと思っていたのだが、一つだけ、ローシに感心したことがある。

それは、本当に演説だけは上手かったという点だ。

確かにスキルを使った演説で人々を魅了し、そして地位を築きあげていったのだろう。

だが最初からなのか、それとも長年演説をするうちに、本当に上達したのかはわからない。

しかし、スキルが効いていない状況であっても、特徴的な抑揚と話し方と、そして独特のリズムや言い回しによって、聴衆を話に引き込んでいた。

これは民衆を引きつけるにはものすごく参考になり、勉強になった。

ともあれ、これで知りたかったことはだいぶ把握できた。

可能ならば、スキルの他の効果があるのならば、それも知って起きたかったが、さすがに欲張りすぎだろう。

そろそろ抜け出すのには、良い頃合いだ。

そもそも、この屋敷では下っ端の使用人の入れ代わりが激しいこともわかった。

ローシの勘気に触れて処分されたり、仕事に耐えられずに逃げ出したりするのが、日常茶飯事となっているらしい。

なので、今晩にでも宵闇に紛れて抜け出そうと思っていたのだが——。

「貴様、屋敷にきてどれくらいだ」

仕事をするフリをしていたところ、使用人頭に声をかけられた。

その視線には、俺に対する疑念があった。

演説後、使用人達の態度が変化するなか、俺も同じように演じていたはず。

「へ、へえ……数ヶ月くらいでしょうか」

「ほう、数ヶ月か」

俺の答えを聞いて、使用人頭はさらに目を細める。

「あの、なんでしょうか？」

「先ほどのローシ様の演説の最中、どうして貴様は目をつぶっていた？」

「へ？　いえ、ちゃんと見ておりましたが」

「つまらない嘘をつくな！」

怒鳴るように大きな声で叱責される。

……これは、完全に疑われているな。

このまま逃げ出すこともできなくはないが、事態が悪化して人が集まりすぎると幻影の効きが悪くなる。

それに今はイサーラの強化アシストもないので、広範囲を騙すのは不可能だ。

「おい、どうした？」

使用人頭に声をかけてきたのは、武装をした男だった。

歩き方を見ても隙はなく、かなりの実力者だというのが見て取れる。

「護衛隊長。この男が挙動不審だったので、問い詰めておりました」

「挙動不審だと？」

「はい。ローシ様の演説中、ずっと目を閉じておりました」

「そうか。たしかに、おかしいな」

「あ、あまりにも良いお声でしたので、つい聞き惚れていまして……」

口からでまかせを吐いて、なんとか乗り切ろうとしたが……。

「嘘をつくな！　朝の演説のときも目を閉じていただろう！」

やばいっ!?　バレてたっ！

どうやら、前々からその使用人頭は、俺のことをマークしていたみたいだ。

「どうも怪しいな……」

「貴様……スパイだな！」

「ち、違いますよ!?　私はしがない使用人ですってばっ！」

どう考えてもまずい状況で、背中からは冷や汗が流れる。

これはもう、強硬手段しかない。

「……では、そんなに疑うのでしたら取り調べてください！　私は疑われるようなものは、何も持ってませんから！」

そう言って、ばっ！　と上着を開け広げる。

すると無数の筒状のものがこぼれ落ち……弾け飛んだ！

ボフッ！　バシュッ、ピュ～～ッ！　ボフッ！

「な、なんだっ!?　どうなってるっ!?」

「煙で前が……げほっ、げほっ！」

派閥が大きくなると、色々な人材が多く集まり、様々な品物を見かけることが多くなる。

そんな中で、煙や光を物に詰め込んでおけるというスキルを持つ者と会う機会があり、試しに作ってもらったのが、目の前で今、騒動を起こしているものだった。

混乱に乗じて、俺は纏っていた幻影で姿形を変え、避難を装ってその場から逃げ出した。

ただ、熱狂的な『信者』はとてもしつこかった。

「絶対に逃さん！　裏切り者は必ず捕まえて、ローシ様の前で処刑だーーっ！」

「最近のローシ様は娯楽に飢えてらっしゃる……ぜひ捕まえよっ！」

「酒の肴にされてたまるか！　冗談じゃないぞっ！」

屋敷を抜け、森の深くへ逃げても、まだしつこく追ってくる。

それに思っていたよりも数が多い。

やはり街に逃げ込むべきだっただろうか？　しかし、それでは巻き添えが出るかもしれない。

だが幻影で姿を隠して偽装しても、効果範囲が今は狭いので、距離が離れれば直ぐにバレてしまう。

「なにか良い方法は……」

汗だくになり、泥まみれになり、草木の中を駆けずり回り、ぼろぼろになりながら必死に逃げる。

「くっ……どこ行った!?　なんだか急に見つけづらくなったような……」

「いいから見つけ出せ！　まだ遠くには行ってないはずだ！」

ん？　なるほど、これか……。

走り回っている間に、俺の衣服は周りの木々を引っ掛け、泥を浴び、汚くなっていった。

それにつれて、自然と周りのものをまとった状態となり、周囲の景色に同化し始めた。

そうか！　これならきっと撒ける！

すぐにその場の草むらに身を隠し、スキルを発動させた。

「おいっ、いたぞ！」

「あの草むらで動いた！」

「ンメエエエ〜〜」

警護兵の剣先が草むらを突く。

近くにいた野生のヤギ達、その集団の中にいる一匹の脚に剣先が届いた。

「ちっ……なんだ、ヤギか……紛らわしい」

「放っておけ。それより、もう少し奥を探すぞ！」

兵士達は二足歩行の俺を探し、そのまま別の場所へと向かう。

「め、めぇぇぇぇ……」

幻影の影響が切れる距離でもじっとしながら、鳴き真似を続けていると、近くを通りかかったヤギ達が集まり、様子を見てくる。

それによってさらに、兵士の目から身を隠せた。

「ふぅ……お前たちには助けられっぱなしだな」

「ンメエ〜〜」

こうして、なんとか窮地を乗り切ることができ、自分の屋敷へと帰還できたのは、夜もだいぶ更けた時間だった。


「……ふぅ……」

数日ぶりの我が家は、やはり落ち着く。

特に潜入調査なんて馬鹿げたことの後だと、余計にホッとした。

「っ!? 痛……」

気が緩んだせいで痛みが一気にきた。

剣の切っ先で太ももを刺されはしたが、それほど深くもなく、歩くのに支障もないくらいの傷だった。

わざわざ人を呼ぶまでもない。

「これくらいなら自分で治すか……」

そう思い、備え付けの簡易治療箱を探していると――。

コンコンコン――。

そんなあまり良くないタイミングで、ドアがノックされる。

「……誰だ？」

「……わ、わたくしですわ……無事に帰ってきたのですわよね？」

やや緊張気味の声で、返事が返ってくる。

「ん？　ベネノか？　お前たちは確か、決戦候補地での準備をしていたんじゃないのか？」

「思ったよりも早く終わりましたの。ですから、皆で今日の昼には帰ってきましたわ」

「そうだったのか……」

どうやら、あちらのほうも順調に準備が進んでいたようだ。

早く終わったということは、三人共、仲良くやれていたのだろう。

「でもわたくし、少しお昼寝をしてしまいましたの……それであまり眠れなかったものですから、夜空をぼんやり眺めていましたら、あなたが帰ってくるのが見えましたから……ちょっと気になって来てしまったのですわ」

まさか見られていたとは思わなかった。

そう言えば、俺が囲ってから、ベネノに夜這いをかけることはあったが、彼女から来るということは、初めてかもしれない。

だから少し、声が緊張していたのだろう。

本来なら喜んで相手をするところだが、今はさすがに見られると面倒くさいことになりそうだ。

「……気遣いはありがたいんだが、今は忙しいから、また今度にしてくれ」

泣く泣く、ここはお断りした。

が、そこで引くベネノではなかった。

「な、なんですのっ!?　その対応は！　むぅ……せっかく顔を見に来たのですから、お開けなさいっ！」

「い、いや、だから今は忙しいんだと言ってるだろ」

どうやら、断られると思っていなかったらしい。

ガチャガチャとドアノブを回して、無理矢理に開けようとしてくる。

だが最近は用心のために、鍵もかけている。

別に開けられなければいいだけ――。

ガチャ！

「……は？　なんだとっ!?」

「もうっ！　なんで鍵なんてかけてらっしゃるの？」

ベネノは普通に鍵を開け、当然のように入ってくる。

「いや……そもそもなんで鍵を持っているんだ？」

「当たり前でしょう？　あなたのものになったわたくしが、あなたに会うために、なぜ部屋に入ってはいけないのかしら」

「お前には常識というものが……いや、言うだけ無駄だったな……」

王位継承権上位にもなると、その生活は俺たち下位の者とは比べ物にならない。

望みを、願いを叶えられるのは当然で、自分の意見が通らないのはより上位の存在に否定されたときくらいだ。

となれば、ローシのように民を民とも思わないような傲慢さを身に着けるのも、俺と敵対していた頃のベネノのように、下位の存在は全てが自分の奉仕者だと思うようになってもしかたがないのかもしれない。

きっとわがまま放題に育ったであろうベネノにとって、本来の一般常識を問うのは、猫に爪とぎをするなと言うのと同じことだろう。

「それで？　なにが忙しいと……って、まあっ！　ど、どうしましたのっ、その怪我はっ!?」

手当をしている最中の俺を見て、ベネノは顔を青ざめさせる。

「ちょっとばかり失敗をしてな」

「ちょっと？　そんな怪我をした上に、ぼろぼろになっているじゃありませんか！　それがちょっとですの!?」

ベネノは気遣いながらも問い詰めてくるという、器用なことをしてくる。

「はぁ……だから入れたくなかったんだ。とりあえず騒ぎなると困るから騒がずにドアを閉めてくれ」

「あ、ええ……わかりましたわ」

一応、本気で困りそうな状況では、俺の言うことに従ってくれるみたいだ。

静かにドアを閉めて、心配そうに近づいてくる。

「血がこんなに……もしかして、ローシの襲撃に？」

「まあ、そんなところだ。だが見た目はひどいが傷は浅い。だからこれくらいは自分で治そうと思ってな。簡易の治療用具もあるし……って、おい？」

俺が説明している間も、躊躇なく傷口を確認してくる。

しかも自らの手が血や泥で汚れるのもお構いなしに。

「……治療をするのは、わたくしに任せてくださいませんか？」

「え？　任せるって、手当をか？」

「ええ。わたくし、もしものために手当の仕方を、みっちりと教わってましたの。とりあえずベッドへ座ってくださいな」

「え？　お、おう……」

有無を言わさず、ベッドに移動させられてしまった。

「まずは汚れを拭きましてよっ！　水の用意は……ありますのね。では洗って差し上げますわ」

「いや、それくらいは別に俺でも」

「いいから、ケガ人は黙ってらっしゃい！」

「は、はい……」

まるで俺の意見を聞く気はないらしく、手のかかる子供のように扱いながら、汚れた衣服を剥ぎ取り、下着姿にさせて、身体を丁寧に拭いてくれた。

「もう……こんなになるまで襲われて……まさか、やっぱり無茶に動いていたわけではありませんわよね？」

「な、なにを言ってるんだ？　たまたまだ、たまたま……」

「嘘ですわね」

スキルを使ったのか？

「あなたと一緒にいるときは、最近はスキルは使っていませんわよ？」

「え？　だったら、どうしてわかったんだ？」

「あなたは内心が顔に出やすいとふたりが言っていましたけれど、本当ですわね。スキルなんて使う必要はありませんわ」

苦笑気味にそう言う。

「ええと、その……このことは――」

「わかっていますわ。あなたが何も言わないのでしたら、聞かないでおいてあげますわ。きっとわたくし達を思ってのことなのでしょうから……」

「え？　あ、ああ……」

その心遣いも、今はとてもありがたかった。

「さあ、後はここをきれいにして、薬を塗って包帯を巻けば……できましたわ」

「おお……すごいな……」

意外と手際よくテキパキと治療を行い、きれいに傷口まで手当してくれる。

「やるじゃないか。見直したぞ、ベネノ」

「ふ、ふん。これくらいはたしなみ程度ですのよ。でも大事に至らなくてよかったでしたわ……」

「今夜はベネノの意外な一面を、多く見られた気がするな」

「あら？　わたくしはそんな薄っぺらい女ではありませんの。これくらいで知った気にならないでくださいね。ふふふ……」

そう言いながらも、褒められたことが嬉しかったらしく、さっきまでの真剣な顔がやんわりと緩んだ。

ああ……これはとても良い女を、俺は手に入れたのかも知れないな……。

「それで？　ベネノはどうしてこんな夜中に俺の部屋に来たんだ？　帰宅が気になったからと言っても、明日の朝には会えるだろう？　しかも、自分からは初めてここにやって来たよな？」

「え？　あっ、それはその……なんと言いますか……」

ベネノの顔が一瞬にして真っ赤になっていく。

「こ、こう、なんと言いますの？　身体の調子がすこぶる良すぎてしまって……それで、そのままではあまり眠れそうもなくて……それで、えっと……」

自分のスカートの端を軽く弄りながら、モジモジしている。

いつもの態度と明らかに違う、そんな可愛らしい仕草のベネノの様子を見て、ピンときた。

「ああ……つまりしたくなったのか？　セックスを」

「うなっ!?　なっ、なんでそう直接的に言うのでしょう、この男はっ……んんぅ……」

さらに真っ赤になりつつも、否定しないので、どうやら当たったたようだ。

ただ、ベネノが素直に肯定するわけがなかった。

「……わ、わたくしがしたいのではなく、何日も調査に出ていたカダルが、そろそろしたいかと思ったのですわっ！　だから来て差し上げたのです！　ええ、そうなのですわ！」

「おいおい。随分と強引に決めつけてくれるじゃないか」

あくまでも俺のせいにして、自分の性欲を隠そうとした。

しかし勢いはそこまでで、視線を手当した俺の怪我へと移すと――。

「……でも怪我をしているのでしたら、また次の機会にしましょう」

「え？　そうなのか？」

「当たり前です。ケガ人を酷使するようなひどいまねは、今までにもしてこなかったですわ」

「ほう……」

少し残念そうな顔をしながらも、さすがにそこまでわがままを通すことはなかった。

そんな最低限の優しさを見せるベネノの姿を見るのも初めてだ。

「それではゆっくりとお休みになって。あ、でもなるべく早めに、お風呂には入ったほうがよろしくてよ」

そう言って、素直に退散しようとする。

本当に……今宵の彼女には驚かされっぱなしだ。

「まあ待て、ベネノ」

ぐいっ！

「え？　きゃっ……んんんぅっ⁉」

廊下に戻ろうとするベネノの手を引き、抱きしめてキスをする。

「んむっ、ちゅふ……な、なにをしてますのっ⁉　怪我もしてますのに……こんなことされては、わたくし……我慢できなくなってしまいますの……」

「ふふ、それなら我慢することはないだろう」

「あっ♥　んんぅ……ちゅっ、んちゅぅ……ちゅむぅんっ♥」

俺の言葉に目を輝かせたベネノは、うれしそうに自分から唇を差し出してくる。

盛り上がってきた気持ちのまま、すでに押しつけられていた爆乳に手をのばす。

「きゃんっ!?　あうっ、そんな乱舞に脱がして……なんて粗野なんでしょう……困った方ですわ♥

んっ、んんぅっ♥」

「ははっ、まったく嫌そうに聞こえないなっ」

「んはあぁっ♥　あうっ、くぅぅんっ♥　もぅ……手付きがいやらしすぎますの……あぁぁっ♥」

まるで触れるものすべてを、取り込んでしまいそうなふわふわの胸は、触るたびにクセになる感触だった。

「……ベネノ、じっとしているんだぞ？

「あんんぅ……んえ？　なんですの？　急に……」

「はぷっ！」

胸に顔をうずめながら左右から挟み込むと、今までに味わったことのない幸福感に満たされる。

「んえぇぇっ!?　やんっ、あっ、ちょっと……それ、なんだかくすぐったい感しですわ……あんんぅっ♥」

「うむ……良い感触と良い香りだな」

「ちょっ⁉　あんんぅ……そんなに嗅がないでくださいまし……はあっ、はあぁ……あんっ、そんなに押しつけてブルブルとされると、いっぱい感じてしまいますわ……こんなヘンタイっぽいのに……胸がキュンと切なくなってしまいますの……」

「胸でもかなり感じやすくなっているようだな。ちなみにこっちのほうはどうかな？」

物足りなくなり、モジモジと内股になったベネノの股間へ、手を滑り込ませた。

「ひやあぁんっ⁉　あっ、待ってそこは……くうぅんっ♥」

まだ布の上から触っただけだが、明らかに湿っている。

しかも太ももにもすでに、愛液が滲み出て流れていた。

「うわ……ベネノ。お前、これは濡らし過ぎじゃないか？」

「カ、カダルがいやらしく弄るからですのっ！　あうぅ……こんなこと、今までなかったのに、あなたに触られるとすぐこうなってしまいますの……んんぅ……きっとあの、クリシスと感覚が繋がったときの影響が、まだあるに違いないですわ。ええ、きっとそうですの！　あんんぅ……」

「いや、そんなわけないだろ。ここまで濡らして喜ぶのは、お前くらいしかいないからな」

「あうぅ……じゃ、じゃあカダルが原因ですわっ！　あんぅ……こんな身体にした、責任をとっていただきますっ！」

エロい体質だというのは明らかだが、あくまでも俺のせいにしたいらしい。

まあ、そこはベネノらしくて、逆に安心する。

「ふふ。仕方ないな。それじゃあ、とりあえずの責任を取らせてもらおうか」

「んへっ？　ふなあぁぁんっ!?　あうっ、やうっ、そんな……指をもう入れて……くぅぅんっ♥　ぐ、グリグリかき回しちゃっ、やああぁぁんっ♥」

膣口そのものは相変わらず狭いが、溢れる愛液のおかげで、簡単に指を入れることができる。

「はあぅ、はうぅ……んはあぁっ♥　わたくしの大事な場所を、いっぱい弄ってきてますの……あんっ♥」

熱くぬめった膣壁をくすぐるようにしながら、ベネノの弱い部分を探していく。

「んんぅっ!?　ひあっ、やうっ、そこは……はんんんぅっ♥」

「おっと……意外と簡単に見つかったな」

指先に、他の膣壁部分とは少し違う感触が伝わってくると同時に、ベネノが全身をビクつかせた。

「んはっ、はあぁ……ええ？　もしかして、わたくしの弱い部分を探ってたのですか？　んくぅ……」

「それはもちろん。早く責任を取ろうと思ってなっ」

「ひぃいぃんっ!?　ひあっ、やっ、ふああぅんっ♥」

細かく指先を震えさせ、ここぞとばかりに責め立てる。

「ふあっ、ああぁっ、そ、そういう責任のとり方じゃなくてぇ……あうっ、ああぁっ♥　で、でもそこ良すぎてっ、もう身体がっ、浮いちゃいますのぉっ♥　ふあっ、あっ、ダメエエエェッ♥」

あっという間に達したらしい。

「んんっ、んはっ、はあぁ……は、速くしすぎですわぁ……あんんぅ……これでは、せっかくしてもらっているのにもったいないぃ……あんっ⁉」

「つと……気持ち良いならいいじゃないか」

軽くふらついている身体を、しっかりと支えた。

「あんぅ……そうですけど……あんぅ……こんなにされてしまったら、もう我慢できませんの……早くほしいですけど、あなたに負担をかけさせるのはいけませんし……」

「いや、別にそこは気にしなくても――」

「あっ！　そうですわっ♥」

急になにかをひらめいたベネノが、半歩後ずさった。

そして――。

「えいっ♪」

「うなっ⁉」

ぼすっ！

勢いをつけて俺に抱きつき、そのままベッドに押し倒してきた。

「くっ……こらこら。ケガ人はいたわるものだろう？」

「そのケガ人のほうから、始めたのではありませんか。それに忘れてましたわ。カダルは弱っているわたくしを拷問したことがありましてよ？　ですからこれでおあいこですの♪」

「いや、アレは弱っていたというよりは、感じまくっていただけで、今とはまったく違う気がするが……」

「細かいことは、気にしないのですわ！　とにかく、とりあえずそのままでいてくださいっ。んふふ♪」

「そのままって……えっ？」

さらにそこから俺にまたがり、下着を脱がしにかかる。

「なにをする気なんだ？　ベネノ」

「安心なさって。今は、わたくしが動いて差し上げますからっ♥」

「動いてって……くおおうっ⁉」

ベネノが躊躇なく俺の肉棒を掴んでくる。

「あっ♥　もうこんなに大きくなってますのっ♥　やっぱりカダルもエッチをしたかったのですわねっ♪　わたくしが来てあげて、正解でしたわっ♥」

「まだその言い訳を引っ張ってるのか……いや今はそれよりも、お前のほうからこの体勢でできるのか？　ベネノ」

「大丈夫ですわ。ちゃんとやり方は知ってますものっ♥」

自信満々でそう言うと、いつの間に下着を脱いだのか、すでに丸見えの赤い膣口へと、亀頭の先を受け入れようとしてくる。

「んんぅ……あんっ♥　はあぁ……入口にピッタリと硬いものが来てますのっ♥　あんんぅ……こ、このままゆっくりと腰を下ろせば……んんっ、あくぅ……」

「うっ……ベネノ……」

亀頭の先が膣口に入った。

確かにそのまま下ろせば、すべて入っていきそうだ。

「んくうぅんっ!?　あうっ、な、なんでですの？　なんだか広げられてきつい感じが……はあっ、んんぅっ！」

しかし、挿入の角度がありすぎて、膣壁にかなり強く当たっている。

「ん……ほら、もう少しこうすればきっと大丈夫だ」

少し腰を動かして、こちらからもサポートする。

「んくうぅ……ふああぁんっ♥　んはあぁ……ええ。入っていく……あふっ、くんんんぅっ♥」

ベネノは、その柔らかい尻を俺の股間に密着させて、肉棒をすべて飲みこんだ。

「んああぁ……これは凄いですわ……奥のほうまでしっかりと入ってきてますの……あんんぅ……」

「ほう……よくできたな。感心したぞ、ベネノ」

「んんぅ……こ、このくらい当然ですわ。んふふ……もちろん、この後だって、きちんとできましてよ……あんぅ……んんぅっ♥」

騎乗位など知らないかと思っていたが、誰かから知識を仕入れたのだろう。

「あふぅっ、ん、はぁ……♥」

ぎこちなくではあるが、腰をゆっくりと持ち上げ、そのまま元に戻る。

「んくぅ……んはあぁんっ♥　あぁぁ……じ、自分で動くと中で擦れる感じ方が、全然違いますわ……んんぅっ♥」

初めてにしては悪くない動きで、ベネノ自身もかなり気持ちよさそうだ。

「こんなに硬く熱いもので押し広げられながら……。内側を擦ってくるのですわね……んはぁぁんっ♥　今まであまり集中して感じてこなかったから……あんんぅ……この体位だとよくわかりますのっ♥　ああっ♥」

コツを掴み、調子がかなり出てきたらしい。

ベネノは俺を見ろしながら、腰を激しく振っていく。

「んんっ、んはあぁっ、ふふっ♥　あんんぅ……ん、はぁ、おちんぽが、わたくしの奥にしっかり届きますの……くうぅんっ♥」

「ほう……なかなか慣れてきたみたいだな。ふふ。しかし、これはまた素晴らしい眺めだ」

腰の動きが激しくなるにつれて、その大きな胸も大胆に弾んで波打つ。

イサーラのときの弾力のある揺れとは違い、形が不規則にたわみ、まるで水風船を思い起こさせるような質感の揺れ方だった。

もちろん、そのふわもち爆乳も、たまらなくエロい。

「んんぅっ♥　はっ、はうっ、んあああぁんっ♥　気持ち良くて、腰がどんどん動いてしまいますわぁっ♥　ああぁっ♥」

俺はそれを眺めながら、彼女に任せていく。

「あぁっ、んんぅっ♥　はふぅ……カダル、どうですの？　んんっ、んはぁあ……わたくし、ちゃんと気持ち良くできてましって？」

「ああ、かなりいいぞ。ここまでできるのは、凄いじゃないか」

「んはぁ、あっ♥　ん、ふぅっ……ふふっ、でしょう？　あんんぅ……こうして、上に乗るのっ……あうっ、んんぅっ！　興奮しますわっ、あぁっ♥」

恥ずかしがっていたはずの愛液はダダ漏れになり、俺の股間を濡らしながら、ベネノはさらに激しく、腰を振っていった。

「んはっ、はあぁんっ♥　グリグリっておちんぽが擦れるのがっ、いっぱい気持ち良くてぇ……ああんっ♥　はあぁ……お腹の奥のほうが、キュンキュンしてっ、熱いですぅ……うんんぅっ♥」

「気持ち良いのはわかるが、大丈夫なのか？」

「大丈夫って？　なにがですの？　んっ、んんぅっ♥　こんなにいっぱい動けますのにっ、なにを心配する必要が――」

ぶちゅっ！

「あきゅううぅぅんっ!?」

亀頭の先へと、熱い子宮口が覆いかぶさるようにして、当たってきた。

「んいっ、ひゃはあぁんっ♥　ああっ、あぁぁっ！　すっかり忘れてましたのっ……くんんぅっ♥　わたくしのエッチな子宮がぁっ、すぐに欲しがってしまうことをぉっ♥　あっ、ふあぁぁんっ♥」

子宮口の吸いつきと一緒に、膣口の締めつけが一段ときつくなった。

しかも狭い膣内が震えながら扱いてくるので、とんでもない快感が押し寄せてくる。

「あうっ、んんんぅっ！　はあっ、はあああぁんっ♥　ああっ、ダメぇ……こんなに良くなったら

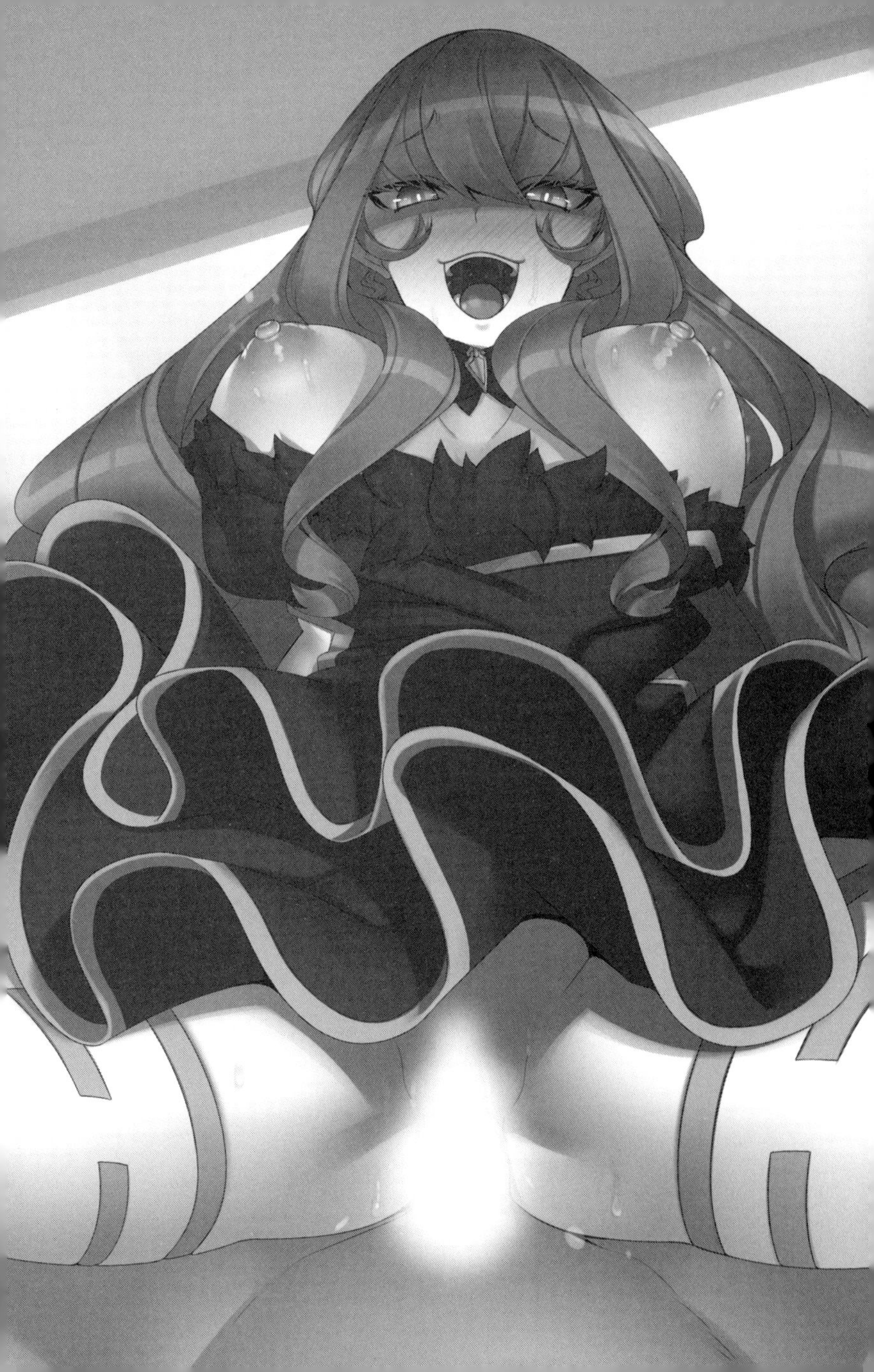

っ、力が抜けてしまいますわぁ……んんぅっ♥」

油断していた俺は、一気に暴発寸前にまで昂ぶってしまう。

「くうっ!? やばいっ……こんな締めつけられては、無理だっ！」

「ふえっ!? んきゅううぅぅんっ♥ んあっ、ああっ、おっぱいも一緒は……あふっ、んひゃああぁっ!?」

ビュクルルルッ！ ビューーッ！ ビュルッ、ビュクビュクビュクーーーーッ!!

最後に、揺れる胸を鷲掴みにして、下から突き上げながら射精する。

「んひゃあぁっ！ 吹き出る子種でぇっ、とぷっ、とびゅううううぅぅぅぅっ♥」

中でたっぷりと出す最中、ベネノは天を仰いで絶頂した。

「あんんぅ……ま、また無許可でぇ……中に出してるぅ……んあっ、はあっ、はああぁ……でも、これだけ元気ならぁ……安心ですわぁ……あんんぅ……♥」

まだ跨がったままで、ぺたんっと俺の上に倒れ込んでくる。

その顔は、とても満足そうだった。

「あんんぅ……でも無理をしてはいけませんわよ？ んんぅ……せっかく、このわたくしを手に入れたのです……全然使わないままいなくなったら、まったくの損ですわよ？ カダル……」

ベネノなりに、俺のことを心配してくれているようだ。

「ああ、そうだな。こんなエロい身体になった責任も、きちんと取らないといけないしな」

「ふふっ♪ そうですわねっ♥」

そんなふうにふたりで軽く微笑みながら、しばらくベッドで余韻に浸るのだった。


俺がローシの城からカダルの領地へと無事に戻ってから、十日ほどが経過した。

その間に、こちらは準備を整え、対ローシとしての活動を開始した。

『――もう無用な血を流し、混乱しか生み出さない継承権争いはやめよう。これからはどちらが王にふさわしいのか、国民に判断してもらおうじゃないか』

俺が最初の一手として打ったのは、そんな張り紙だった。

それを刷れるだけ刷り、派閥の力を利用して各都市や小さな村まで、国中のありとあらゆるところに張りまくった。

文字の読めない人間も少なくないので、吟遊詩人も雇えるだけ雇い、俺達の対決について告知して回らせた。王が不在で様々な問題が起き、また継承権争いの巻き添えで疲弊した国民には、とても評価されたようだ。

万人の集まる中での、一対一の公開対決という形を提案した俺の株は上がり、さらに派閥への賛同者が増えて、ローシ陣営に迫る勢いだ。

もちろんローシも、ここまで挑発されて話に乗らないわけにはいかなかったのだろう。

ここで武力に訴えて俺を排除しようとするのならば、勝利した後にも国民達の支持は得られない。よりいっそうの反抗や、反発を招くだけ。

ローシの勢力ならば、それを力で抑え込むことはできるだろう。だが、まともに統治が可能になるまでは、かなりの時間と手間が余分にかかるようになるはず。

王になっても、まともな国の形が残るかも怪しい。そんな状況を自ら招くような愚はさすがに犯さないだろう。

それに、自身のスキルがある以上、民衆の前で雌雄を決するという俺の提案は、ローシにとって有利に働く。

つまり、俺――ローシの敵が自分にとって都合の良い舞台を用意し、勝利への道筋を作ってくれた、という状況のはずだ。

武力によって性格は傲慢ではあるが、王族としての教育を受けている。ローシもメリットとデメリットを秤にかけた上で、こちらの申し出を受けたはず。

これで兵隊を使った直接的な戦いは、ひとまずは免れた。

実は正直、この点がもっとも安心した。

というのも、数の上では互角に近くても、実際の戦闘になれば、相手のほうが優位だったのは間違いないからだ。

だが、その憂いもなくなったので、後はローシとの直接対決に全力をかけることができる。

「さて……上手くできればいいが……」

おそらく、自分にとっては有利な勝負だ。俺に勝利することを信じて疑っていないだろう。

だからこそ、付け入る隙がある。

今回のために準備をしてきた策も、悪くないできだと自負している。

とはいえ、何事にも絶対は存在しない。どんな事が起きるか、実際にやってみなければわからないのだ。

それに、いくら自らの勝利を疑っていないとしても、相手も相当の覚悟で挑んでくるだろう。

それにきちんと対応しきれるのか、さすがに不安になってくる。

「大丈夫です。カダル様ならきっとうまくいきます」

思いの外、弱気になっている俺に気付き、イサーラが正面から優しく手を握ってくる。

「お兄ちゃんには、わたし達がついてるんだからね♪」

「そうですわ。元上位がふたりもいますのよ？　どんと構えていらっしゃって」

クリシスとベネノも左右から抱きついて、俺を勇気づける。

「そうだな……俺にはお前らがいる」

彼女たちのぬくもりを感じ、改めてそう自覚することで、不安は一気に解消した。


——そして迎えた、決戦当日。

場所は次期帝王を決めるのにふさわしい、王都ラカファ城の正門広場。

多くの国民が詰め寄る中、中央に設置した壇上で、俺はローシと対峙した。

「……多分、どこかで会っているのだろうが、悪いが覚えていない。だから改めて挨拶しておくぞ、カダル」

「ああ、それはご丁寧に。すまないな、ローシ」

このやり取りは王位継承者内では、よくある話なので気にならない。

むしろ、俺は潜入時にけっこう直接会っている。それがバレてしまわないか、内心少し気になった。

もちろん、幻影で別人に成りすましていたので、それはないとわかってはいるが。

「さて、ではどちらから演説を始める？　まあ、どちらからでも結果は変わらないだろうがな」

ローシは自信満々にそう言って、不敵な笑みを浮かべる。

そんな彼を尻目に、俺は待機させているベネノへ合図を送る。

「……ええ、いけますわ。問題なく、わたくしのスキルは発動してますわ」

「よし。ではまずローシから国民に問うてもらおう」

「ははっ、時間を無駄にしないのは良い心がけだな。では俺のほうだけで終わらせるとしよう！」

ローシの身体が薄い光に包まれる。

「諸君、よく集まってくれた！　俺はローシ。王位継承者第1位だ」

いや、今は暫定でホズンが1位のはずだ。

だが、そんなことなど気にする様子もなく、自らが王に相応しいとばかりに、ローシは語り始めた。

「まずは国民の生活が第一だ。よって様々な公共施設や道路の整備などに力を注いでいく。さらには、職にあぶれる者がないように、最低限の仕事を確保しようじゃないか」

スキル発動と共に、彼の得意な演説が始まった。しかも、話をする内容は耳当たりの良い、理想的な政治論。

ただ、それは理想だけで、その具体的な手段は一切語られない。

あったとしても、それはきっと結果的に貴族が潤うような仕組みであり、労力はすべて押しつけられることだろう。

だがそんなことは、ローシにとっては大した問題ではない。

この日だけ、この場の民衆の心を掌握できれば良いのだから。

「――さあ！　この国を俺の手で変えてみせよう！　そして、理不尽な暴力のない国にしてみせようじゃないか！」

額に汗をにじませ、熱の入った演説だった。

本人は実に気持ち良さそうで、達成感のある顔をして締めくくる。

その後は、嵐のような観衆の拍手が巻き起こるはず。

……そうローシは思っていたようだが、演説が終わった後も、まばらな拍手しか起こらなかった。

「……で？　ローシ様は、結局どうやって実現するおつもりなんだ？」

「ほんとにできんのかよ……」

「もうちょっと凄い候補者だって聞いてたんだけど……大した話じゃなかったよね」

「そうねぇ……がっかりだわ」

民衆からの期待外れの声と不満が、あちこちから聞こえ始めた。

「な、何だ……どうなっているのだ、これは……」

自分のスキルがまったく効いていないことに、ローシは驚きを隠しきれないようだ。

ただ、そうなるように最初から仕込んであったのだから、当然の結果だった。

ローシのスキルが効力を発動する条件は、声を聞き、その姿を直接見ることだ。

しかし、熱弁していたときの彼の姿は俺が作り出した幻だった。

正確には、熱弁しているローシ本人の外側に、俺が作り出した『ローシ』の姿を作り上げていた。

なので直接的には彼の姿を見られない民衆にとっては、少し話のうまい普通の演説を聞いていただけでしかない。

「……わたくしの妨害も必要ありませんでしたわね」

ローシと同じ様にように汗をかいたベネノが、行使していたスキルを解除した。

「すまないな。保険をかけるようなことをさせて」

もし何らかの理由で、俺の幻影が効果を発揮しなかったときのもう一つの手段として、ベネノにはひそかにがんばってもらっていた。

「良いんですのよ。カダルの役に立てるのですもの……それよりも平気でして？　イサーラ」

心配してベネノがイサーラに肩を貸す。

かなり体力を消耗させてしまったようだ。

聴衆全員が対象だ。最大限に俺の能力を強化して増幅させていたイサーラは、かなり苦悶の表情を浮かべていた。

「大丈夫です……んんぅ……カダル様の側に仕える者として、これくらいできて当然ですから……」

「元気になるお薬を持ってきたよ。早く飲んで、イサーラ」

「ありがとうございます……」

心配そうに駆け寄ってきたクリシスから薬を受け取り、少し顔色が良くなっていく。

「いつも、イサーラには世話をかけているな。ありがとう」

「いいえ……もったいないお言葉です……」

やっと一息ついた彼女が笑顔を浮かべた。

しかし、やはりその笑顔は本調子ではなさそうだ。

「必死になるのは素敵なことですけど、やりすぎて身体を壊してはなんにもなりませんわよ。あなたには今後も、わたくし達と共にカダルのそばにいていただかないといけないのですからね」

「だよ？　イサーラ」

「クリシス様、ベネノ様……ありがとうございます……」

三人が肩を寄せて抱き合う。その目にはそれぞれ、光るものが見えた。

こうして俺たちのスキルをかけ合わせた作戦により、ローシの計画は崩れた。

彼のスキルは確かに強力で、人の上に立つにはふさわしいものだろう。

だが翻って、今までの地位は、すべてがそのスキル一本で築き上げたものだ。

そんなスキルが封印されて散々な結果を民衆の前で晒したローシには、もはやなにもすることはできない。そう……演説だけでは。

「……貴様ぁっ！　はかったなーーっ！」

逆上したローシは素早く剣を抜き、俺めがけて走り寄ってくる。

「死ねえええええっ！」

破れかぶれで襲いかかり、真っ直ぐに向けた切っ先が、俺の胸を突き刺さす。

グサッ！

「ぐえっ!?　うなっ……なぜ……」

突き刺した本人がキョトンとした顔をする。

そして理解できないまま、口から血を流して膝を折る。

「……お兄ちゃんはわたしが守る！」

俺の後ろから抱きついていたクリシスの絶対防御が発動し、跳ね返った攻撃をローシがもろに自分の胸で受け止めていた。

「ぐふっ……貴様……ひとりではなかったのか……」

「ああ、そういえばお前には見えなかったな。そう俺は今、ひとりじゃない」

予め、最初から三人のことは、壇上では見えないように幻影で隠しておいた。

なので今この場にいるのは俺とローシだけというように、周りの民衆からも見えているだろう。

さて、仕上げだ！

俺はたった今、ローシのした行いを、誰もが見えるように幻影を使って空に映し出す。

「ぐ……！」

イサーラの補助がない状態で、これはかなりキツいな……。

だが、ここが正念場だ。集まった民達に、真実を見せる。そして、ローシの言葉を否定する。

「見たか、国民よ！　これが全てだ！　口ではなんとでも言うが、いざ不利になると暴力で解決する。それがこのローシという男なのだ！」

声を高らかにそう言って、跪く彼を批判する。

「おいおい！　結局、最後はそういうことかよ！」

「今までの話はなんだったんだ！」

「恥を知れっ！」

圧倒的な証拠の前で、民衆の支持は一気に俺へと傾いた。

「こんな男を帝王にしてはならない！　自分の欲望のために国民を虐げる圧政を許していいのか？　いや、断じてよくない！」

「そうだそうだ！」

「もう苦しい生活はうんざりだーーっ！」

どうやら勝利への風を、俺が完全に握ったようだ。

「俺が帝王になった暁には、理不尽に苦しめられる者を作らないよう努力しよう。もちろん、皆には窮屈な部分が出てくるのは当然だし、諦めてくれ。だが、それ以上にこの国を住みやすく、そして平和にしていくことに俺は努力し続けるだろう」

「けっ！　つまりは今まで通り、王のために働けってことだろう？」

「だが、今までの王で、きちんと悪い一面も言ったお方はひとりもおらんかったな……」

「ワシは信じるぞい。カダル様には、新しい風を感じるのじゃ」

「カダル様こそっ、次期帝王にふさわしいっ！」

「「「ウオオオオーーーー!!」」」

城が揺れるような大歓声が沸き起こった。

力尽きたローシが倒れ、演説会場を後にした俺は、そのまま城の一番高いバルコニーに向かった。

ついにこの日がやってきたのだ。

「「「ウオオオオーーーー!!」」」

もう一度、今度はさらに大きな国民の声が俺に向けられる。

正式に王位継承者として民の前に立つ俺に、民衆は大いに沸いてくれた。

それを不思議な気分で受け止める。

継承権に左右されず、ただのんびりと過ごしたいと思っていた俺が、本格化した継承戦によって、慌ただしい日々を過ごし、あっという間にこの場へと登りつめることができた。

「ありがとう！　国民の皆で、平和な国にしていこう！」

「「「ウオオオオーーーー!!」」」

眼下の民衆から再び歓声を受ける。

その声に笑顔で応えながら、ついに俺は、ラカファ帝国の帝王となったのだった。

第五章　新たな出発

城のバルコニーで、国民に向けて姿を示した日から数日。

最大の敵だったローシは、完全に打倒された。

古い貴族達も、ローシのスキルの影響を色濃く受けていた一部を除き、俺に恭順することとなった。ここで逆らい、自らの権力や領地などを失いたくなかったからだろう。

ローシがいなくなり、古株の貴族達だっていずれは、精神への影響からも抜け出すだろう。

今はそれでいい。

これ以上、国内が荒れるような争いは俺も求めていない。

民に、そして貴族達に認められ、俺は帝王の座へとついた。あとは平穏に……。

……というように、簡単にはいかなかった。

帝王となるには、やたらと面倒で迂遠な手続きや儀式が必要だということも関係しているだろう。

国力が疲弊してる今、無駄な金を使う必要はないと持ったのだが……。

「これは必要なことですわよ？」

「そうだよ。誰が帝王になったのか、そのことをしっかりとみんなにわかってもらわなくちゃ！」

「形から入ることが必要になることもございます」

三人にそう説得され、さらには高位貴族達も同意見――いや、さらに豪華にしようと言い始める始末だった。

この件については、誰ひとりとして俺の意見に賛同する者はいなかった。

「……しかたない。王族用に確保されていた予算からも、可能な限り流用するように」

幸か不幸か、継承権争いで直系・傍流を含めて、王族とそれに連なる人間は一気に数を減らした。

国が立ちゆくまで俺も予算を無駄に使うつもりはない。

それにしても……帝王の座を継承するのは良いが、そのために必要な準備は何一つなされていなかったな。

先帝が、いかに次代のことを考えていなかったかが、よく分かる結果となった。

死ぬ前に、誰にするか言い残しておけば、こんなにも揉めることなどなかっただろうに。

もしも俺に子供ができたら、成人するときまでには、必ず順位を決めておこうと固く心に誓った。

そんな調子なので、最近は帝王になるための準備期間として、現役皇帝専用の屋敷に引っ越して過ごしている。

といっても、俺自身は何もすることがない。

あの継承戦が始まる前と同じくらい、平和でのんびりとした時間を過ごしていた。

「――それにしても、よく選ばれたものだな……」

ローシと対決した日の出来事を改めて思い返すと、戦い方としては、卑怯卑劣な男だと言われてもしかたのないことをしていたんだよな……。政策の演説すらしなかったし。

そのことを貴族や国民から指摘され、批判をされやしないかと、軽い不安を覚えていた。

何しろ、正々堂々と一対一で戦うと宣言して、ローシを引きずり出したのだ。

だというのに、実際は幻影で隠して、彼女達三人を舞台にあげていた。

ローシに襲いかかられたとき、クリシスが『絶対防御』で俺を守ってくれたのだが、冷静に誰かが指摘していたらと思うと、なかなかに恐ろしい。

それに結局のところ、バルコニーでの俺の主張だって、具体的な方策をなにも言わずに、ただ理想を掲げただけの演説で終わっている。

ローシが帝王としての資質がないのは証明されたが、俺が帝王として相応しいかということについても証明されていない。

ローシがダメだから、カダルに。

強制的に与えられた二択のうち、片方が選ぶに値しなかっただけだ。

おそらく、一部の貴族や、聡い者達は気付いているだろうし、遠くない未来に、もっと多数の人間が気付くだろう。

だが、ここまで来たのだ。今更、立ち止まることも、振り返ることもできない。

それに、回りだした歯車を止められるほどの勢力はもういないだろう。

ローシについていた派閥も、すでに大半が俺の側に鞍替えしている。

当然、ベネノに協力してもらい、内心ではまだ敵対している者や、ローシと共にいるときに甘い汁を吸って肥え太っていた、どうしようもない者達は排除し、遠ざけてある。

彼女のスキルは知られているため、配下となった者達は戦々恐々としているようだ。

そのおかげもあって、今のところは反乱の気配はない。

とはいえ、貴族も民も人間が減り過ぎた。今は少しでも多くの人材が必要だ。

二心がなければ、誰の元にいた人間でも重用すると広く告知した上で、今は人材の確保を急いでいる最中だ。

少しでも優秀でやる気のある人間が多く集まってほしい。

何しろ、これからはやることが山積みで、そして多数の困難が待ち受けていることは間違いない。

「結局、俺もローシと同じで、国民を騙しているようなもんなんだよな……」

国政に関して言えば、俺には目指すべき方向はあっても、そこに至るための明確なビジョンがない。

そういう意味では、ローシが並べていた美辞麗句のように、表向きは綺麗でも中身は空っぽの状態だ。

簡単に言えば、何から手をつけるべきか。どうやっていくか。予算は？　期間は？　人員は？

……正直に言えば、ローシと大差なく、ほとんど無策と言ってよい状態だ。

だが、暴力的な解決だけは、なるべく起こさないように頑張っていくつもりなのは、嘘ではなかった。

あのバルコニーから見た、眼下に広がる民衆のひとりひとりが、俺を見て少しは期待していたことだろう。

その期待にどこまで応えられるのかは、まったくわからない。
だが別に、全てに応えることができるとも思っていなかった。
それに、国民もそこまで過度に期待はしていないだろう。
なぜなら、有用なスキルを持っているわけでもなく、継承権もランク外だった人間だ。
継承権争いの悲惨な時期と比べて、少しでも良くなれば文句も出ないはずだ。
それで俺はいいと思う。
そして、その『少し』を一歩一歩、俺のペースで行っていけばいい。
「まあ、俺だけで悩むこともないだろう」
俺には有能な助言者が三人も身近にいるのだ。
そんな彼女たちと一緒に、のんびりと国を立て直し、育てていこう。
そんなことを思いつつ、宙ぶらりんな生活を過ごしていった。
それにしても、平和は実に素晴らしい。
特にその平和な日常というのは、朝の寝起きから違うものなのかもしれない。
優しい朝の光が窓から差し込み、部屋を明るく照らす。
外からは小鳥のさえずりが聞こえ、程よいそよ風がカーテンを揺らした。
まるで絵に描いたような、完璧な朝のひととき。
地味だが、意外と誰もが味わえるわけではない、貴重な時間。
しかも今日の予定は特にないので、何時に起きても平気だ。

しばらくまったりと過ごそうか……。

そう思うと、気の緩みもあって、またまぶたが重くなってくる。

布団の中での温もりも心地良く、二度寝を誘ってきた。

ただ、そのぬくもりは俺だけの体温ではない。

「んんっ……ちゅっ……」

視線を天井から足元へと移すと、毛布をかぶった大きな膨らみが、俺の身体に乗って、うごめいていた。

その怪しげな毛布を剥ぎ取ると――。

「あむっ、ん、ちゅっ……♥　あっ、お目覚めですか、カダル様」

「ああ、おはよう。イサーラ」

「はい……んむっ、ちゅっ、ちゅぱっ……♥」

悪びれる様子もなく、ちょっと上目遣いで俺を見ると、再びイサーラは熱い口で肉棒を頬張った。

「いや、はい。じゃないだろう？　何をしてるんだ？　おっふ……」

「んちゅむぅ……ちゅぱっ、んあぁ……カダル様を起こしに来たのですが、ここが苦しそうにしていたので、楽にして差し上げようかと……朝のご奉仕ですよ。ふふっ♪　あ～んむっ♥」

彼女はいたずらっぽい笑みを浮かべながら、フェラを続けた。

「れろっ、じゅぶっ……んちゅむっ、ちゅはあぁ……んちゅっ、ちゅむっ♥」

「ああ……良いご奉仕だ」

肉竿を咥えこみ、顔を動かしていくイサーラ。

「くぅ……しかし、なぜ今日はこんな、素晴らしい朝の奉仕をしてくれるんだ？」

「んむっ、ちゅふぅ……今まではかなりお忙しい様子で、とても厳しい顔をされておりましたから……でも、最近はとても穏やかになられて、前のような怠惰な日々を過ごされてもよいかと思いまして、こうしてご奉仕させてただいてます♥　んちゅむっ、ちゅぱっ、ちゅぱっ♥」

「ん……なるほどな」

やはり平和というのは、とても良いものだ。

「ん～～れるれるっ♥　んんあぁっ♪　エッチなお汁の味が、いっぱいしてきましたっ♥　んちゅっ、んるるるっ♥」

亀頭の先の尿道口を、いたずらっぽくチロチロと舐められる感触を味わいながら、実感した。

「はむぅんっ♥　んちゅぅ……じゅぷっ、んじゅるっ……ちゅぷっ♥」

「おお……随分と深くしゃぶってくるじゃないか……最高だな」

再び根元まで咥え込んで、いやらしく音を立てながらしゃぶってくる。

「ちゅふっ、んはあぁ……♥　このたくましいカダル様のものを、きちんと咥えるのも久しぶりのなような気がしますね……相変わらず荒々しく反り返って、とっても素敵です……あもっ、ん、ちゅぷっ♥」

発情して、彼女もすっかり蕩けた顔になっている。

そんなイサーラを見ていると、とても興奮するが、見ているだけではなんとなく手持ち無沙汰に

なる。

「んはぁぁんっ!?　やぁぁ……カダル様、イタズラしすぎです……あふぅ……んんぁぁっ♥」

「……ん？　おお、いつの間に……」

俺は無意識で、その弾力のある爆乳を揉んでいた。

「そんなにされてしまうと、上手く咥えられないですよ……んくっ、はあぁ……あむぅ……ちゅはっ、ああんっ♥　もう少し、控えてください……あふぅ……んんあぁっ♥」

軽く揉んだだけだが、かなり気持ちよさそうに喘いでいるせいで、フェラチオが疎かになってきた。

「いや、この胸を目の前にして控えるなんて、猛獣の前に肉を置いておくのと一緒で、無理だろう。主人の要求に応えながらも、しっかりとご奉仕する……それが優秀なメイドであるイサーラの腕の見せ所じゃないか？」

「あうっ……それはそうかも知れませんが……んくっ、ふああんっ♥」

「よし。ということで頑張れ」

俺はさらに感触を楽しみながら、素晴らしい胸を堪能する。

「ああっ♥　やうっ、そんな手荒に揉んでくるなんて……ゾクゾクしてしまうじゃないですかっ♥　んんっ、はあぁんっ……♥」

どうやら、イサーラのツボにハマったようだ。

「はうっ、くあぁ……仕方ありませんね……では、もう本気でいきますからね。一気に出てしまっても知りませんよ？　別にいいですけど……あ～～んっ、んぷっ！」

「ぬおぅっ!?」

再びしっかりと肉棒を頬張ったイサーラは、唇をぎゅっとすぼめて、まるで竿を縛るようにしながら、扱いてきた。

「ちゅぷっ、んちゅぷっ、んふぅ……ちゅむっ、んちゅぷっ♥」

しかも舌を絡めながらの、絶妙な扱き方で、かなりの射精感を煽ってくる。

だが、これくらいはまだ耐えられる。

「くっ、危なかった……なんてフェラチオをしてくるんだ、イサーラ」

「ゆむっ、んぷっ！　んふふ、だから言ったのです。さあ、暴発しても構いませんから、その熱い精液をだしてくださいっ♥　はぷっ、んちゅるっ、ちゅぷっ、ちゅぷっ♥」

「くっ!?　は、激しいな……」

「ちゅぷっ、んちゅむぅ……ちゅぱっ、ぐむっ、んちゅうぅぅんっ♥」

たっぷりの唾液で滑りはよく、肉竿にまとわりつく舌と熱い頬肉で擦られると、とんでもなく気持ちいい。

しかもイサーラの責めは、それだけではなかった。

「……へ？　指先が……ほわわわっ!?」

不意に彼女の手が睾丸を弄り始めたので、妙な声を出してしまった。

「ちゅぽっ、あはっ♥　久しぶりに聞きました……少年のような、その情けない声……あぁぁ……

初めてのときを思い出しますっ♥　んちゅむっ、ちゅふっ♥」

「くっ……まさかイサーラがこんなイタズラをしてくるとはな」

「ちゅふっ、んふふっ♥　いつもやられっぱなしの私ではないのです。それに最近はクリシス様や、ベネノ様もいますし、工夫をしないと飽きられてしまいますからね……あむぅ……ちゅぷっ……」

どうやら、次々と俺が女を連れてくるのが、少しは気になっていたようだ。

「ははっ、バカを言うな。誰がイサーラで飽きるというんだ」

「くむうぅんっ!?　ちゅふっ、ふあぁぁんっ♥　やんっ、乳首をそんな潰してはダメぇっ♥　あんぅ……全身に、気持ちいいのが走ってしまいますっ♥」

硬くなった乳首を軽く潰しながら、指の腹でコロコロ転がすと、イサーラは全身を震わせて喜んだ。

「んあぁ……またそんなにして……あんぅ……では、私も奥の手を――」

そう言って、大きく口を開けたイサーラは舌を思いっきり伸ばして……。

「んりゅるるっ！　れるんっ、れろっ、れろんっ♥」

「う、うなあぁっ!?」

睾丸から肛門までの間のかなり敏感な部分を、熱い舌先がくすぐってくる。

「ああんっ♪　また可愛らしい声っ♥　やはりここは、カダル様であっても、弱いのですね……んにゅる、れるるんっ♥」

「ぬ、ぬおっ!?　くぅ……こ、こんなこと、一体どこで覚えたんだ……ううっ」

「んちゅるぅ……誰とは申し上げられませんが、クリシス様のお知り合いの方に、教えていただいたのです♪　ん〜〜ちゅむるっ、んれろれろっ♥」

「なっ⁉　まさか噂の教育係じゃないだろうな……おおうっ⁉」

「さあ、どうでしょう？　れるっ、れふぅ……んっ、ちゅっ♥」

あくまで秘密のままにしておきたいらしく、イサーラは言わなかったが、それよりもその会陰と呼ばれる部分へのキスも良すぎて、どうでもよくなってくる。

「あんぅ……ちゅっ、んれるっ、ああんっ⁉　ふふっ♪　ビクビクしちゃってますね……お可愛いです、カダル様っ♥　ちゅっ、んるるるっ！」

「ぬおおぉっ⁉　くっ、ダメだ……これはすごい……」

今までにない快感に思わず戸惑ってしまい、手が止まった。

そのチャンスをイサーラは当然、見逃さなかった。

「は〜〜あんむっ♥」

「ひっ⁉」

急にまた、無防備になっている肉棒をぱっくりと咥え込むと――。

「じゅるるっ、ちゅるるっ！　んちゅっ、じゅぷっ、じゅるるっ♥　ちゅうつっ、じゅるるるっ♥」

いやらしい音を立てての吸引フェラで、激しく責めてきた。

「じゅぷっ、んちゅむっ、んふふっ♥　ちゅぷっ、じゅるっ、んちゅ〜〜っ、じゅるるるるっ♥」

「ぐっ……ああ……」

もう、このコンボにはお手上げだった。

「出るっ！」

「んちゅふっ⁉」

ビュルッ！　ビューーーーッ！　ドッピューーーーーッ‼

「ふぐうぅんっ⁉　ぐぷっ、んぐううぅ～～～～っ♥」

完全に暴発し、イサーラの口内へとぶちまける。

「んちゅむぅ……んくっ、ごくっ、ごきゅっ……んちゅぷっ、ごくっ……」

そんな俺の精液を、美味しそうに吸いつきながら飲み込んでいく。

「んはあぁ～～っ♥　はあっ、んはあぁ……カダル様の濃い子種……たっぷりいただきました♥」

赤い舌で口元を舐めると満足気にそう言って、イサーラは満面の笑みを浮かべた。

「いや……別に飲まなくても……」

「朝食がまだでしたので、ちょうどよかったです♪」

「それを朝食とかいうのは、さすがにやめてくれ……」

「それよりも……カダル様のご朝食もまだなのですが……」

そう言いながら、ベッドの上で、スカートをゆっくりたくし上げる。

「どう……なさいますか？」

「いただこう！」

「ああんっ♥」

大した予定もないので、そのまま極上の朝食をいただくことにした。


先帝から受け継ぐ形となった皇帝専用の屋敷はとにかく広い。

だが無駄に広いだけなので、必要なものを取りに行くのにやたらと時間がかかったりする。

それもそのはずで、側室が増えるたびに無理な増築を続けていたため、利便性などまったく考えていなかったらしい。

こんな負の遺産を次代に残す理由はないと思い、すぐに建て替えを要求したが、案の定、未だに正式な帝王ではない俺の願いは、あえなく却下された。

それと、先帝が作ったとされる、ラカファ帝王律という、帝王周りの決め事が記された法律のようなものがあり、そこには先帝の屋敷は代々の帝王が引き継いで残すように定められている。

なので残念ながら、簡単に取り壊しもできないのだ。

しかし、増改築は可能だということを突き止めた。

そこで、俺は過ごしやすいように、まずは中心となる部屋を決めた。

そこからすぐに使用できる位置に風呂との書庫と食堂を設置。そして三人の妻の寝室も移動させるという、大規模な工事を行う。

すでにもうこの時点で無駄遣いをしているような気がするが、建て替えるよりはマシなので、そこは目をつぶってもらいたい。

それに節約も心がけている。

「——いいですか？　カダル様。帝王になられた方は、怪我をなされたりすると一大事なのです。ですから、ご自分の部屋のためとはいえ、大工と同じように働いてはいけません！　それに一緒に働いている大工達も、気を使いすぎて困ってますよ！」

「いや、でもだな……建築は国の基盤ともいえるだろう。その建築に従事する者の気持ちを肌で感じることはとても重要な——」

「カダル様！　私、本気で怒りますけど、よろしいのですね！」

「…………怒るとどうなる？」

「そうですね……以前、私がどなたかから送られた、愛の詩を、城のバルコニーから思いっきり読——」

「申し訳ございませんでした！」

俺は思いっきり頭を下げて謝罪した。

まさか幼少期の俺も、恥ずかしげもなくイサーラに向けて作った詩を、ここでそんなふうに使われるとは思わなかっただろう。

ちなみに、ラカファ帝国の真の支配者はイサーラであるという噂もこの時期にできたのだが、それはまた別の話だ。

とにかく、暇な時間を消化するため、イサーラに隠れながら作業を続けた。

それに、そうでもしないと体力が有り余ってしまい、良い眠りにつけないからだ。

そんなこんなで、微力ながら改築作業に勤しみ、程よい疲労感とともに汗を流した。

平和な日常というのは、やはり夜の就寝時間にあらわれるものだろう。

一日の仕事を終え、風呂で汗を流し、温かい食事をして、夜の帳の中、静かでおだやかな空間のベッドで寝る。

それが一番の癒やしに——。

コンコンコン！

……と思ったが、なかなかうまくいかない。

だが多分、これも平和なのだろう。

今までなら、もしかすると有無をいわさずドアを蹴破ってくる輩もいたかも知れないのだ。

そう思えば、まだこうしてノックをしてくるのは、文化や礼節が守られているということだ。

ただ、深夜に部屋を訪ねてくるのが、礼節が守られていることになるかは、疑問だが。

コンコンコン！　コンコンコン！

今度はやや手荒いノックが聞こえてきた。

おや？　これはやや不穏な予感が——。

ガチャリ！

「嘘だろ……」

かけていたはずの鍵が簡単に開けられ、部屋の中に人影が入って——。

「お兄ちゃんっ！」

「カダルっ♪」

「ごふっ!?」

ふたりの声と共にベッドが揺れ、俺の上に飛び乗ってきた。

まあ、鍵が開いた時点でなんとなく察したが、まさかベネノだけでなく、クリシスまでも来ているとは思わなかった。

「あれ？　ちょっとがっつり、鳩尾に入っちゃったかも？」

「大丈夫ですわ。わたくし達のこの美しい肉体に当たって、逆に喜んでいるに違いないですの♪ね？　カダル♪」

「なんで当然のように言ってるんだ？　そもそも、そんな性癖はないが……って、なんだその格好はっ!?」

俺の上で寝転ぶふたりを見ると、すでに真っ裸だった。

「へっ？　夜伽では、この格好が正式ではないですのっ!?」

自分の格好が普通ではないと気付いたベネノは、耳まで一気に真っ赤になって、胸を隠した。

「いや、いまさら隠しても仕方ないだろ……というか、正式ってどういうことだ？　クリシス」

ベネノと反対に、まったく恥ずかしがっていない彼女に事情を説明させる。

「えー？　だって夜のご奉仕するんだから、裸のほうが早いでしょう？」

「ご奉仕だとしても、真っ裸で来ることはないだろ」

「あうぅ……クリシスがこのほうが良いというから、恥ずかしかったですけど、裸に毛布一枚でここまで来ましたのに……」

「うわ……もうそれは、完全に不審者だな……」

ここまで来るのに、人目につかないよう、コソコソとふたりで毛布をかぶってきたのを想像するとちょっと面白かったが。

「む〜〜っ！　不審者だなんてひどいよ、お兄ちゃんっ！　ご奉仕に一生懸命な、かわいいヘンタイさんだよっ♥」

「ヘンタイなのかよ……」

「なんですの？　この温度差は……カダルは、わたくし達のご奉仕が欲しくないとでも言いましてっ!?」

これだけ誘惑(?)しているのに、まったく乗ってこない俺に、ベネノが抗議してくる。

ただ、その目には薄っすらと涙が溜まっていた。

恥ずかしさを我慢しながら俺のためにやって来た、そのベネノの努力と勇気は買ってやりたいところだ。

クリシスは……まあ、ただヤりたいだけでなにも考えてなさそうだが、それはそれでいい。

「……欲しくないとは言ってないだろう？」

「あ……じゃ、じゃあ、わたくし達がご奉仕をしても？」

「ああ、よろしく頼もうか」

「ええ……かしこまりましたわっ♥」

「はい、はーーいっ♪　しちゃいまーすっ♥」

すっかり機嫌の良くなったふたりが、俺の毛布を剥ぎ取った。

「あ、やっぱり服を着てますの……クリシスの言うことは、あてになりませんわね」

「なんて言ってたんだ？」

「お兄ちゃんなら、全裸で待ちかねてるはずだよって。本気でそう思ったんだけど……がっかりだよー……」

「いや、そんな勝手にがっかりされてもな……」

ふたりの冷たい視線が突き刺さる。

なぜか俺が悪者になってしまった。

「……わ、わかった。じゃあ、とりあえず脱ぐから待ってろ」

ガシッ！

「待って！　そのままで、よくてよ」

「え？」

俺の腕に抱きつくように、ベネノが止める。

「お兄ちゃんはご奉仕されるほうなんだからね～っ♪」

反対の腕にはクリシスも抱きついて、身動きが取れなくなった。

「さあ……お兄ちゃんをヌギヌギさせちゃうよー♪」

楽しそうに上着のボタンを外していく。

「うふふふ♪　はぁぁ……人の服を脱がすのって、すごくドキドキしちゃいますわっ♥」

「こっちはなんだか襲われているような気持ちになるんだが……おおうっ⁉」

なにもできずにそのままにしていると、ついにはズボンにまで彼女たちの手が伸びてきて、最後には素っ裸にされてしまった。

「きゃあっ⁉　おちんちんが、飛び出してきてしまいましたわっ！」

「わあぁぁ～～っ♪　もうこんなに大っきくなってる～～♥」

「うっ……」

意外にも、俺の肉棒はすでにフル勃起の状態になっていた。

「あれれ～？　もしかしてお兄ちゃんってば、脱がされて感じちゃったの？」

「ば、バカなこと言うな。これは全裸のお前たちに密着されたから、期待してしまっただけだからな？」

「ほんとかな～～？　でも、期待してくれてるのは嬉しいかも♪」

「んふふ♪　当然ですわ。わたくし達に抱きつかれて、反応しないほうがおかしいですもの♥」

正直な俺の言葉に、ふたりとも上機嫌で微笑んだ。

「ん……でもこのおちんちん……本当にとってもたくましく育ってますわ……♥」

「育ってるって言うのは、違う気がするけどな……」

「ほんと……ゴリゴリの、ムキムキだよね～♥」

俺の股間を囲むように、ふたりは顔を並べて元気な肉棒を見つめる。

その表情はとても色っぽく、瞳は艶を増して潤んでいる。

「ねえ、クリシス。まずはお口でご奉仕しましょうよ♥」

「うん、いいねっ！　それじゃあ、おちんちんに、ちゅ〜〜、んちゅっ♥」

肉竿の片側から、クリシスが無邪気にキスをしてくる。

「あっ!?　先になんてずるいですわっ！　わたくしも……んちゅっ、ちゅむぅ……ちゅっ♥」

もう片方の側からも、熱いベネノの唇が押し当てられた。

「ちゅぅ……んはあぁんっ♥　筋張ったおちんぽを舌で感じると、とてもゾクゾクしますわっ♥　んちゅぅ……ちゅむっ、ちゅっ♥」

「ちゅふううんっ♥　んちゅうぅ……すごく熱いね〜♪　このドクンドクンってしてる感じもなんだか可愛くて、もっとキスしたくなっちゃうっ♥　んちゅむっ、ちゅっ……ちゅぷっ、んあぁっ♥」

「おお……何だ、これは……」

ふたりの唇に挟まれながらのフェラチオは、今までにない快感だった。

「ちゅむうぅんっ♥　んふっ……さっきよりもっとたくましくなってますのっ♥　んちゅっ、ちゅむぅんっ♥」

「んんっ、はあぁ……いっぱい中で熱い血が流れてるぅ……興奮してるんだねっ、兄ちゃん……んちゅっ、ちゅふっ♥」

ふたつのプルプルの唇が行き来するそれは、普通のフェラチオとはまた違った感覚で、まるで肉棒をもてあそばれているようだが、それもまたいい。

「んちゅっ、んふぅ……あんっ♥　お兄ちゃん、もうビクってしちゃてる〜〜♥　んふふふ♪」

「んっ……先からも、透明なものが出始めましたわね……んちゅふぅ……んはあぁっ♥　カダルの味がしますのっ♥」

亀頭の先に舌を這わせたベネノが、先走り汁を美味しそうに舐め取っていく。

「あっ！　ずるいよっ！　わたしにもちょうだいっ♥　んちゅむっ、ちゅむぅぅんっ♥」

クリシスも同じように欲しがり、亀頭にむしゃぶりついてくる。

「ちょっとっ!?　全部はいけませんわっ！　ちゃんと私が舐める分をあけてくださらないっ？　んちゅむっ、んんっ！」

「お、おいおいっ、取り合いをするなって……おうっ!?　くっ……」

途中から手で握って独り占めしようとまでしていたが――。

「あんっ……んあぁ……」

「え？　あんあぁ……」

取り合っている途中で、クリシスとベネノの唇が触れ合ったようで、ちょっと妙な雰囲気の間が一瞬できた。

「……ん？　どうした？　急におとなしくなって」

「んあぁ……唇が当たって……カダルのおちんぽを挟んで、クリシスとキスをしているようですの……んちゅむぅ……ちゅっ♥」

「ちゅふぅ……わたし、なんだか女の子同士のキスでもドキドキしてきちゃった♥　ちゅむっ♥」

興奮しているせいなのか、妙にノリがよくなっているようだ。

「ちゅはっ、あんあぁ……クリシス……んあぁっ♥」

「あんぅ……ベネノ、好きぃ……♥　ちゅふうんっ♥」

女性同士のキスでも気持ちよくなっているようで、俺の肉棒を挟みながら、唾液や舌を絡ませてくる。

「ちゅふっ、んはぁ……もっと舌を伸ばしてくださいまし……クリシスの味をもっと欲しいですの♥　んちゅっ、ちゅむぅっ」

「んはぁ……なんだか頭が混乱してきちゃった……んちゅぅ……ベネノとキスするのも、お兄ちゃんと同じくらい好きになっちゃうぅっ♥　ちゅっ、んんっ♥」

さらに、ふたりで舌先を巧みに使って、根本から亀頭の先までまんべんなく舐めてくる。

「ちゅふぅ……んにゅるっ、ちゅはあぁっ♥　カダルとクリシスの味が混ざり合って……とっても素敵ですわぁ……♥」

「んはあぁんっ♥　あんあぁ……熱い舌と元気なおちんちんで、わたし、お股がキュンってしちゃうよぉっ♥」

「ぐ、ぐぬぬ……」

2つの滑った舌の動きに翻弄され、さっきから腰が引けて仕方がない。

それでも後ろはベッドなので逃げ場もなく、またふたりが上に乗って押さえつけられている状態なので、もろに極上のフェラチオを味わうことになる。

「んちゅむっ、んはあぁ……ああ、もっとぉ……ちゅふっ、んちゅむっ♥」

「んちゅぅ……お兄ちゃん、ベネノ……大好き～～っ♥　ちゅはっ、んちゅむっ♥」

仲が良いことは嬉しいが、俺にはこの刺激はかなり効く。

これはご奉仕というよりも、ちょっとした拷問に近いんじゃないだろうか？

そんなことを思いながら、必死で射精をこらえ続けた。

「ちゅふっ、んあぁっ♥　ちゅあっ、はあぁ……カダルの子種袋が、すごく上がってますわっ♥」

「え？　あ、ほんとだー♪　んちゅふぅ……んあぁっ!?　あんっ、またビクビクした～～♥」

が、自分で思っていたよりも、限界はすぐそこにまで近づいていたようだ。

「ちゅふぅ……また大きく太くなってますの……ちゅふぅ……ああっ♥　お汁が、濃くなってますわ……んちゅむぅっ♥　ほら、クリシスもどうぞっ♪」

「うんっ！　わたしも吸っちゃうよ～♪　んちゅっ、ちゅむっ、ちゅううぅ～～っ♥」

ふたりが仲良く亀頭を咥え、交互に吸ってきた。

「ぐくぅ……それは無理だ……おおっ！」

ビュクルルッ！　ビューーッ、ビュルルッ、ドピューーーーッ!!

「ふへぇっ!?　ふなあぁっ!?　真っ白な、せーしっ、出たぁ～～っ♥」

「ああっ！　熱っ……んんっ、んはあぁぁっ♥」

ふたりの顔の前で、暴発した精液が噴き出る。

「んはぁ……カダルの匂いでいっぱいですわぁ……あんぅ……クリシスにも、こんなにかけてしまって……んちゅるっ、れるれるっ♥」

「きゃははっ♪　くすぐったいよぉ……わたしもベネノをきれいにしてあげるね……んちゅっ、んりゅっ、ちゅむぅっ♥」

顔面でいっぱいに受け止めたふたりは、そのままお互いに舐め取ってきれいにしていく。

「………ああ……なんかいいな……」

その姿は、とても魅力的で美しい。

射精の余韻に浸りながら、そんなふたりに見とれていた。

「んあぁ……ちゅはあぁ～～♪　これでお兄ちゃんもきれいだよっ♥」

「……え？　おお……」

気づくと、俺の肉棒まですっかりきれいになっていた。

「ふう……しかし、まさかここまでされてしまうとはな……」

「ふふん。カダルもわたくし達にかかれば、大したことないですわね♪」

「お兄ちゃんっ、早すぎるよーーっ♥」

奉仕されていたはずなのだが、散々な言われようだ。

しかし、確かに面目もない。

「ぐぬぬ……それじゃあ、今度はこちらから、しっかりとご奉仕させてもらおうじゃないか」

「えっ!?　いいのっ？　お兄ちゃん！」

「カダルのご奉仕だなんて……いったい、どんなことをしてくださるのかしら♪　はあぁ……聞いただけで、ますます火照ってしまいますわ♥」

どうやらふたり共、興味津々のようだ。

「あ……でもふたりを相手にとなると、やっぱり交代でということになってしまいますわね」

「あー……それは仕方ないよね。お兄ちゃんはひとりだし……」

「チンポも一本だしな。でも、同時というわけにはいかないが、それに近いことはできると思うぞ」

「えっ!?　ほんとっ!?」

「まあっ！　それは凄いですわ♪」

「それにはまず準備が必要なんだ……というわけで、とりあえずふたりには、こうしてもらおうか」

「あんっ!?　えっ？　これって……あんぅ……」

「ふぁああんっ♥　やんっ、んあぁ……ち、近いよぉ……」

ベッドの上で、ふたりを理想の体勢にさせる。

「これでいいな」

仰向けになったベネノの上に、クリシスが覆い被る格好にさせると、俺は少し距離を置いて眺める。

興奮して、ほんのりと色付いた肌色が絡み合う、女体のサンドイッチは、とても官能的で食欲をそそり、また、ある種の芸術品のようにも見えた。

「んっ……こ、これでいいって……なんだか不思議な気分ですわ。クリシスと抱き合うなんて思いもしませんでしたもの……あんっ……」

「わたしもだよ〜……ふふっ。でもベネノのふわふわオッパイ、すっごく気持ちいいね〜っ♥」

「きゃあぁぁんっ!? あうっ、イタズラはおよしなさい……はんぅっ♥ ちょっ、なんで吸ってますのっ!?」

「あむあむ、ちゅっちゅっ♥」

じっくり見ていたら、ふたりが自然といちゃつきだした。

といっても、主に上のクリシスがちょっかいを出しているだけだが。

「ちゅ〜〜っ♪ ミルクは出ないけど、なんだかクセになるよ〜♪ ね? お兄ちゃん♥」

「ああ、それは間違いないな。どんどんやってやれ。ベネノはすごく喜ぶからな」

「うんっ♪ んちゅっ、ちゅっ♥」

「んんっ、はうぅ……カダルも助長しないでくださいましぃ……あんんっ♥ もうっ……イタズラなら、わたくしだって得意ですのよっ……えいっ♥」

「ふへっ!? ふなあぁんっ♥ やんっ、急にそこは卑怯だよ……くぅぅんっ♥」

負けじとベネノが、クリシスの股間へ手をやり、指先でくすぐるように弄っていく。

「やっ、くんあぁ……エッチな指が、ぐりぐりしちゃってるぅ……はうっ、んあぁっ♥ ああぁ……いいもんっ、ツンってしちゃってる乳首、甘噛みしちゃうんだからっ……はぷっ♥」

「ふえぇぇっ!? んはっ、くんあぁっ! そんな乱暴なことしちゃ……濡れちゃうぅっ♥ あうっ、んあぁっ♥」

「……なんだか楽しそうだな……」

後ろからじっくりと、そんなふたりを眺めていると、こちらへと向けられている秘部が、じんわりと蜜をあふれさせていく。

それを見ていたら、たまらず俺も手が伸びる。

「……ご奉仕をする俺を、置き去りにするなよ」

「うなぁぁっ!? あっ、カダル……くうぅんっ♥」

「んあぁっ!? お兄ちゃんの指までっ!? ひゃうっ、ふゆっ、くんんんあぁっ♥」

軽く愛撫し始めると、とたんにふたりが身体をよがらせ、陰唇を赤く充血させていく。

「ひうっ♥ 的確にわたくしの弱い場所を押し込みながら弄って……ひゃああぁっ♥」

「んあぁぁんっ♥ お兄ちゃんの指がわたしの中っ、広げて這わせてきちゃってるぅ……んっ、んあぁっ♥」

さらに膣壁(ちつひだ)をこすり上げ、それぞれの敏感な場所を探り当てて、責め立てる。

「はあっ、はんあぁ……ああんっ♥ カ、カダルぅ……わたくし、指だけでもう……ああぁっ!?」

「お兄ちゃんっ、お兄ちゃんっ! あっ、ああぁっ♥ そんなに指を動かしたらぁ……ああぁっ♥」

「お? この感じは……よしっ、イッてしまえっ!」

「きゃうっ!? ふあっ、ダメえええぇっ♥」

「んあぁっ♥ お兄ちゃんっ、エッチっすぎいいいぃっ♥」

あっという間にふたりの身体はビクついて、軽く絶頂に達したようだ。

「ははっ。しかし、まさかここまで早くイクとはな。俺のを弄っている間から、期待してたんだな、これは」

「はあ、はあぁ……いいえ、それは多分、違いましてよ……あん……」

「んんっ、はぅ……だってわたし達、ここに来る前の裸で準備しているときから、すっごく興奮してたもんっ♥　ね～♪」

「ふふっ、そうですわよね～♪」

「とんでもないヘンタイだな。しかし、そのおかげでこうしてすぐに入れられそうだけど……なっ！」

「んはあぁぁっ♥　あうっ、お兄ちゃんのおちんぽが、擦れて……んくうぅんっ♥」

「んえぇぇっ!?　きゃあぁぁんっ♥　あっ、入り口にゴリゴリのかたいものがぁ……んくっ、ふああぁっ♥」

愛液で熟れた、ふたりの重なった秘部。

その間に肉竿を挿しこむと、ふたり分の淫らな貝に挟み込まれた。

「んあっ、はんあぁ……もしかして同時って、こういうこと？　あんぅ……だからふたりを重ねたんだね……ああっ♥」

「んっ、んあっ、んくぅ……よく思いつきますわね、カダルって……あうっ、ふあぁぁっ♥」

「ふたりに口で奉仕してもらって思いついたんだ。結構、下の口でも気持ちよくなってたみたいだな」

「んあぁっ!?　ふぁあああぁっ♥」

俺はそのまま腰を動かし、割れ目同士を刺激していった。

「んくっ、くぅぅんっ♥　入り口をゴシゴシされてるだけなのに……こんなにいっぱい感じて、濡れちゃう……あぁぁっ♥」

「んあっ、はああぁんっ♥　たくましいおちんぽの熱さと、柔らかいクリシスの感触が、すごく感じさせますわぁ……んんあぁっ♥　カダルもいっぱい感じてますの？　あんぅ……」

「ああ……くっ……これは思ってたよりも凄いかもな」

美女ふたりを同時に味わう贅沢感に、興奮が増していく。

「んくっ、んはあぁんっ♥　ベネノのオッパイとお兄ちゃんのおちんぽで……上も下も、気持ち良すぎぃっ♥」

「んんっ、はあぁんっ……クリシスも、とても気持ち良さそうな顔ですの……なんだかとっても愛らしい……ん～ちゅっ♥」

「えむぅんんっ!?　んちゅっ、ベネノのえっち……♥　んちゅっ、ちゅっ♥」

再び、ふたりのほうも盛り上がってきているようだ。

愛液も多く滲み出てさらに動きやすくなり、もっと激しく、そして大きく、ピストンをしまくった。

「ちゅふっ、ちゅはあぁっ♥　あうっ、ああぁんっ♥　本当にふたり一緒に、お兄ちゃんにされっちゃてる感じがするぅ……ああっ♥」

「んっ、んはあぁ……ええ、本当に……んんっ♥　あっ！　もっとすごいことを考えついてしまいましたわ♪」

踊るような声でベネノがそう言うと、クリシスを見つめる。

「前にわたくしがやった感覚共有を、またあなたにかけますの……そうすれば、ふたり共――」

「あっ！　すっごい気持ちよくなっちゃうよねっ♥」

ふたりの意見がぴったりと合ったようで、楽しそうに笑い合う。

「なるほどな……」

確かにそれは感度も倍になるだろう。

しかし、まさかベネノから、そんなことを言ってくるとは思わなかった。

自分を陥れたスキルの使い方のはずだが、どうやら今ではまったく気にしていないようだ。

「んっ、それじゃ使いますわよ……『スキル発動・感覚共有！』」

ベネノの身体が薄い光に包まれ、さらにその上のクリシスにも、その光の膜が広がっていく。

「んはあぁんっ♥　ふあっ、すごっ……ふあぁあぁっ♥」

スキルは問題なく成功したようだ。

「んえっ!?　ふなあぁんっ♥　あっ、そんな……こんなに感じてしまうなんてぇ……あうっ、んあぁっ！」

「ふたり同時に擦ってるからな。そら、もっと激しくいくぞ！」

「んいぃっ!?　ひあっ、あっ、あぁあっ♥　あっつい反り返りおちんぽっ、すごすぎいぃいぃっ♥」

「あうっ、くんあぁっ♥　ああっ、わたくしのオマンコも、クリシスのオマンコもっ、両方感じて

っ、イクうううっ！」

お互いの快感と自分自身の快感で、また達してしまっているらしい。

「はうっ、んはああぁんっ♥　わたしもとんじゃうぅ……あっ、ああぁっ♥」

クリシスが絶頂すれば、ベネノも絶頂し――。

「ひああぁっ!?　ここでイったら、またわたくしも……んっ、んやあぁっ、またイクッ、イクイクぅぅっ♥」

ベネノが絶頂すれば、クリシスも絶頂した。

「んっ、んあぁっ♥　なんだか、快感だけじゃなくて……クリシスのカダルに対する感情までなだれ込んできてしまってますのぉ……あうっ、んんんっ♥」

「うんっ♪　あんっ、んはあぁ……だってお兄ちゃんのことっ。大好きだもんっ♥　んあっ、ああんっ♥」

「はうっ、くうぅんっ♥　わたくしも、好きぃ……カダルが大好きですわぁっ♥」

「あ、ああ……改めて言われると照れるな……」

「あはっ♥　お兄ちゃん、顔が赤いよっ♪」

「あらっ……可愛いですわね♪」

「この……もっとイきまくってしまえっ！」

「きゃあぁんっ♥　あっ、ああっ、大好きっ、お兄ちゃぁぁんっ♥　んはっ、あああぁっ♥」

「はうっ、んあっ、ああっ♥　カダルもカダルのおちんぽもっ、両方好き……大好きですわぁ♥　んんっ、ふはあぁんっ♥」

絶好調に達しまくるクリシスとベネノ。

そんなふたりの絶頂マンコに挟まれていたら、俺も限界が見えてきた。

「うっ……そろそろ出るぞ」

「んはぁっ♥　うんっ、いいぃ……でもここでじゃいやぁ……さっきもかけられたから、今度は中で感じたいぃっ♥」

「わたくしも絶対中ですっ、中でお願いしますのぉっ♥　あうっ、んあぁっ♥」

「それじゃ、ふたりのご要望に応えて……まずはクリシスっ！」

ドピピッ、ビュクルルッ！　ドビューーーーッ！

「きゃふううぅんっ♥　ふあっ、しゅごおおぉぉぉっ♥」

一気に彼女の子宮口にまでねじ込み、その場で射精する。

「ベネノもだっ！」

ドクンッ！　ドクドクッ！　ドプドプドプッ！

「ふゆううぅんっ!?　ふあっ、またイきゅううううぅぅぅっ♥」

まだまだ元気な肉棒を、今度はベネノに深く突き刺し、残りのすべて吐き出していく。

「つと。ふうぅ……どうだ？　俺のご奉仕は。きちんと堪能できたか？」

「はあっ、はあぁ……お腹ぁ、あちゅいのがいっぱい広がってぇ……しゃいごわけわかんなくなったぁ……♥」

「んんっ、んはあぁ……はあっ、はあぁ……感覚共有ぅ……しゅごしゅぎでしゅのぉ……」

ふたり共、大いに満足したらようで、ろれつがおかしくなっている。

まあこれで、早漏の汚名は挽回できただろう。

「んんっ、ふはあぁ……はあっ、はひゅぅ……だいしゅきぃ……お兄ひゃあぁ～～ん……♥」

「わたくしもぉ……んんっ、んはあぁ……愛してましゅのぉ……カダルぅ……♥　はんあぁ……♥」

ふたりは重なったまま力なくその場で弛緩し、だらしない笑顔を浮かべていた。

エピローグ　王様になっても変わらずに

ローシとの対決、そして俺の勝利。新しい帝王の誕生。

怒濤のような勢いで、さまざまなことが起こっていた裏側で、もう一つの継承権争いとでもいうべき動きがあった。

そう——俺がローシに勝利し、城のバルコニーから民衆に語りかけたあの日。

その知らせを聞いて、泣いた男がひとりいたという。

それは継承権1位にまで上がっていた、ホズン——つまり俺の兄だ。

あの場でローシが継承権1位を謳い、俺がそれを倒したことで全ての決着がついたと、国民からは思われている。

俺達も、貴族も、国民も、あの熱狂と高揚の中——。すっかり忘れさられていた存在。

「いやぁ……。ほんと、あのときは、今すぐ挙兵してあの場にいた全ての人間を粛清しようかなって思ったんだけどね」

「本当に、申し訳ないことをしました。ホズンお兄様！」

にっこりと笑みを浮かべ、さらりと恐ろしいことを口にしてる兄に、俺はただただ平謝りするしかなかった。

「……でも、それは本気で言っていますか？」

「本気で言っていたほうがいいかな？」

「いえ、ホズンお兄さま。ここだけの話ということにしておいていただければ幸いです」

「はは、ホズンでいいよ。正直、僕なんて兄らしいことは一つもしてこなかったんだから。それに今はカダル——いえ、陛下のほうが立場が上なんですから」

「ふたりきりのときは、カダルと呼んでください」

「ふふっ、ではそうさせてもらおうかな」

頭を下げて頼む俺を見て、ホズンは穏やかに笑う。

こうして和やかに話をしているが、もしも俺が彼の立場だったら、多分本当に挙兵していたかもしれない。

王位を欲してではなく、帝王となった相手にとって自分が邪魔者となる以上、身を守る必要があるからだ。

だが彼は、俺が思っていた以上に穏やかな性格の人だった。

帝王になると宣言をした後、俺はすぐにホズンの元へと訪れている。

そのときに、すぐに俺のしたことの謝罪を受け入れ、それだけでなく、正式に王位継承件を破棄すると宣言までしてくれた。

ホズンはよくとも、今のままでは子供の世代、その孫の世代で再び諍（いさか）いが発生する可能性があったからだ。

ひどい扱いをしてしまった俺を叱るでもなく、拒否するでもなく、ただ軽く抱きしめて一言、『ひさしぶりだね』と言って暖かく迎え入れてくれた。

そしてやっと正式な帝王になった俺は、改めて彼の暮らしの様子を見るために、訪れていた。

「なに不自由なく、やらせてもらってるよ。やっぱり、僕にはこういうのが性に合ってるんだね」

「そうでしたか。それはよかった」

王都からそんなに離れていないが、自然は豊かで土地も肥えている。

そんな隠れ里のような領地を、ホズンはとても気に入ってくれたようだ。

「妻や子供も元気で病気一つないよ。そういえば自分でも果樹園を趣味で始めたんだよ。できた果物をいくつか採ってきたんだ。よかったら食べてみてよ」

「いただきます」

出された食べ物はどれも美味しく、市場に出してもおかしくない品質だった。

そんな、のんびりとした時間が流れる素晴らしい空間。

かつて自分が望んだ光景がそこにはあった。

「ありがとう、カダル。君のおかげで、僕は僕のままでいることができた」

「いえ、そんなことは……」

かつては継承権の最上位まで登りつめた人だ。

いくら争いごとが嫌いとはいえ、家族や領民を守るためには、心を鬼にしなければいけないときもあっただろう。

同じように、俺もそれを経験したのでよく分かる。

「本当のことだよ。もしもキミがあの場でローシに破れていたら、僕が立たなければならなかっただろうし」

たしかにホズンが、自分こそが継承権1位であると宣言すれば、ローシについていた貴族達や、兵、そして国民達も彼を選んだかもしれない。

そうならなかったのは、俺が勝利したから。そして、俺が作っていくだろう新しい帝国に、ホズンが可能性を見出してくれたからだとわかっている。

「――また来ても良いですか？」

「ああ、ぜひ。楽しみに待ってるよ」

ホズンはとても穏やかに笑ってそう言ってくれた。


馬車の窓から見える、穏やかな景色をぼんやりと眺めていると、一緒について来ていたイサーラが、なぜか突然笑いだした。

「ふふっ」

「ん？　どうした？　珍しいな、思い出し笑いなんて」

「すみません。でも、やっぱりカダル様とホズン様はご兄弟なんだなと、思いまして。んふふ……だ、だってあれは、かつてのカダル様とそっくりなことをしてらっしゃいましたから……ふふ、あははっ！　はうぅ……す、すみません……ぷっ！　くすくす……」

どうやら、よっぽどこらえていたようだ。

どうりで途中からあまり顔を見せないと思った。

「いや、笑い過ぎじゃないか？　ふふ……でも確かに、俺もそう思ったよ……」

窓から身を乗り出すように振り返った先、だんだんと小さくなっていくホズンの屋敷を見て、少したため息が出る。

……ああいう生活をどこかで羨ましく思う自分がいた。

しかし、今の地位は、これからの生き方は、どちらも自分で決めて、選んだものだ。

だから後悔はしていない。ただ、ほんの少し、郷愁に似た想いを抱いていただけだ。

「……今のご自身に、満足されてらっしゃいますか？」

ひとしきり笑って落ち着いたイサーラが、ふとそんなことを言ってくる。

「ん？　どうしてそんなことを聞いてくるんだ？」

「……最近、少し思ってしまうのです。私がくり返し、カダル様こそ王にふさわしいと言っていたせいで、あの優しくのんびりとした生活を壊してしまったのではないかと……そして私のスキルも、きっとその要因なのではないかと……」

確かに、ここまで来るまでにイサーラの影響は大きかったかも知れない。

でも同時に、イサーラがいなければ俺は帝王になる前に、ただのランク外の継承者として殺されていただろう。

そもそも、王位を目指したのはイサーラを守りたいがために始めたところもある。なのでイサーラが健在で、俺の側に今でもいてくれるだけで、満足だったりする。

「…………？　カダル様？　どうしました？　あまり見つめられると少し照れます……」

まあ、言わないけれど。

「……俺は満足しているよ。なにしろ、帝王になったのだからな」

「本当にそう思っているのでしょうか？」

「ああ。本当だ。これからは、存分に人生を楽しませてもらう予定だ」

「わかりました。カダル様がそう生きていけるように、私も全力でお手伝いいたします」

「ありがとう、イサーラ。となれば、ホズン兄様がやっているような果樹園を作りたいな。後は、もっと本を集めよう。大陸を超えて様々な本を。そして日がな一日、まったりと過ごすんだ。どうだ、楽しく過ごせそうじゃないか？」

「ふふ、それでは今までとあまり変わらないような気がいたしますが……それが、カダル様らしいのかもしれませんね」

心地良く揺れる馬車の中。

沈んでゆく夕日に染まりながら、ふたりで笑い合った。

「ああ……ですが、カダル様には申し訳ありませんが、一つだけ、どうしても早くしておかなければならないことがありました」

「ん？　何だ？」

「それはもちろん……子作りです♥」

そう言って微笑んだイサーラに、俺はものすごく欲情した。


「んあぁ……カダル様ぁ……んんっ、はあぁ……」

「はあぁ……あんあぁ……お兄ちゃん、みんなもうこんなになってるよ……」

「カダルぅ……んんっ、はあっ、はあぁ……」

「うむ……実にいいな」

三人の健康的に揺れる尻が並んでいるのは、とても素晴らしい光景だった。

「あんぅ……見ているだけじゃ、嫌です……カダル様ぁ……♥」

「早く弄って♪　お兄ちゃん♥」

「んんあぁ……お願いですわ。もう欲しくて、おかしくなっていまいそうですの……はあぁ……」

振り返る三人の目はそれぞれ期待して輝き、それぞれに尻を揺らしてアピールしているようだった。

「ははっ、わかってるさ。では準備もできていることだし、始めようか」

そう言って、まずはその美しい球体たちを、左右に撫で回していく。

「んくっ、ふあぁぁんっ♥　はあぁ……優しく撫でられただけで、反応してしまいますぅ……んああっ♥」

「んあっ、はあぁ……お兄ちゃんのいやらしい手が触った部分から……熱くなっていっちゃうぅ……ふはあぁ……♥」

「きゃんあぁ……あっ、そんな……ただ触られただけなのに、全身がビクビクしてしまいますわぁ……♥」

なかなかに反応がいい。

「んあっ、はあぁ……ああんっ♥　また素敵な指先が、私の中を……んんあぁっ♥　ふあっ、ああぁっ♥」

「きゃうっ!?　んはあぁっ♥　あうっ、熱い舌がいっぱい舐めてきちゃってるぅ……んんあぁっ♥」

「あああぁんっ♥　あうっ、最初からそんな弱いところをグリグリ弄っちゃ、ダメですわぁ……すぐに良くなりすぎちゃういますのぉ……くううんっ♥」

イサーラとベネノ、それぞれの膣口に指先を入れ、真ん中のクリシスには舌を伸ばしてクンニする。

「んやあぁんっ!?　ふあああぁっ♥　ああっ、カダル様っ、この感じ……すごすぎますぅっ♥　んくっ、んああぁっ♥」

「んっ……そういえば、イサーラは初めてだよな。他のふたりはどうだ？　んれる、れるっ！」

「んくっ、んはあぁんっ♥　前よりも、すごく気持ちよくなっちゃうぅ……んんっ、んはあぁっ♥」

「あんっ、きゃううんっ♥　はあっ、はあぁ……指で弄られているのに、舌の感覚まで伝わってきてますの……ああんっ♥」

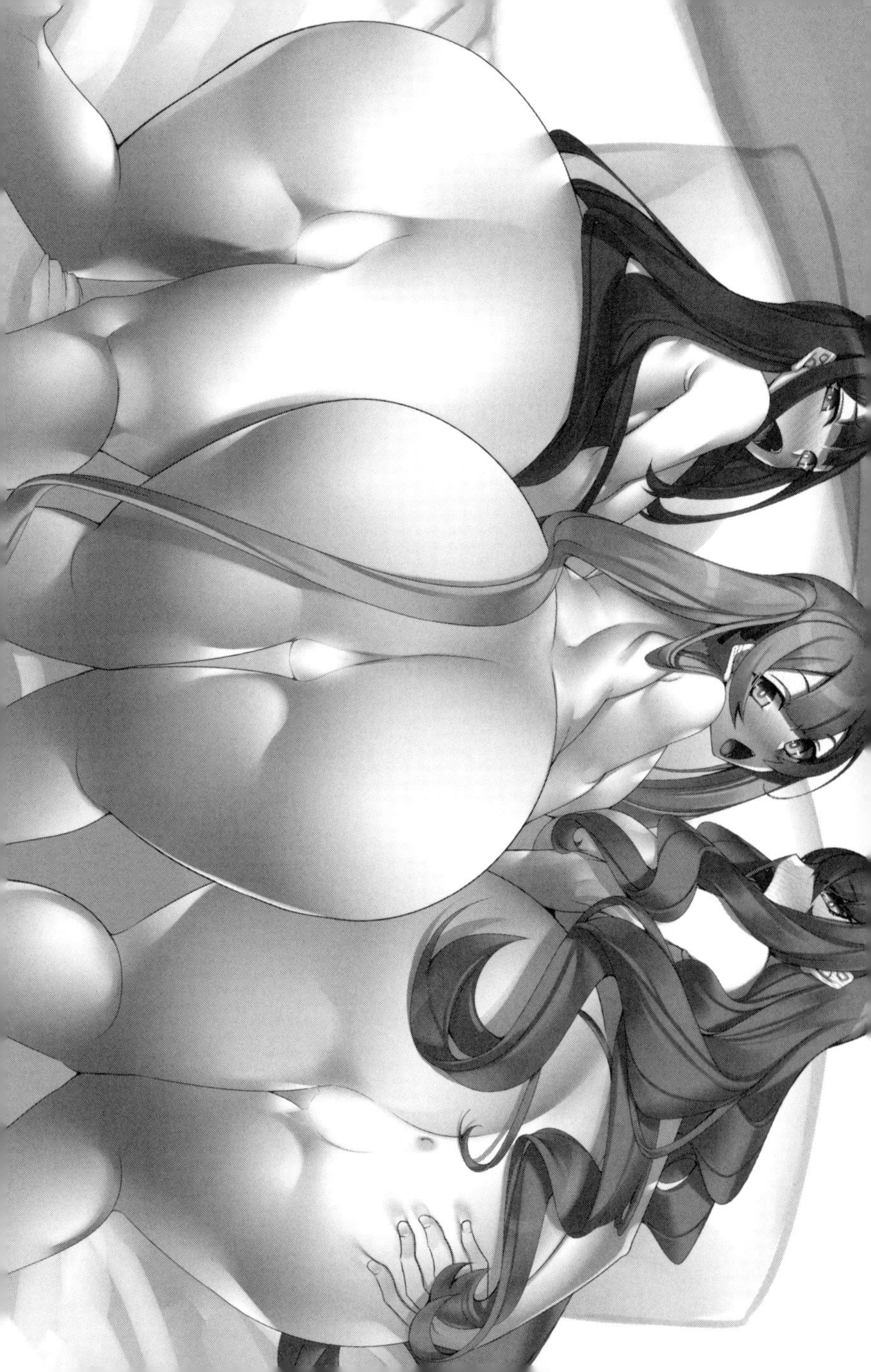

皆、思ったよりもかなり良く感じているようだ。

というのも、ベネノの感覚共有をすでに三人にかけているので、俺の愛撫を三人全てが同じように……いや、三倍で感じているはずだった。

だから通常よりも、かなり気持ちよく喘いでいるのだろう。

「しかし、三人でも共有できるようになるとはな。イサーラのスキル増幅能力が、ベネノにも効くとは思わなかった」

「んんっ、はぁぁんんっ♥　んくぅ……私も驚きました……んっ、んあぁ……カダル様以外でも私のスキルが活用できるだなんて……ああんっ♥」

「んくっ、ふあぁんっ♥　んはあぁ……そのおかげで、こんなに気持ちよくなれるのですから、素晴らしいことですわっ♥」

どうやらイサーラのスキルには相性があったようで、たまたまそれが俺とベネノだったらしい。

偶然にもそれを知って以来、三人とセックスをするときはいつも使っている。

「あっ、んはあぁ……あんあぁ……わたし思ってたんだけど……んあぁ……、お兄ちゃんが勝てたのって、イサーラがいたからだよねー。最初からお兄ちゃんは勝てる要素があったんじゃないかな？」

ふと、クリシスがそんなことを言ってきた。

確かにイサーラがいなければ、きっと俺は継承権争いの中ですぐに脱落し、消されていただろう。

「んっ、んあぁ……いいえ、それはどうでしょう？」

しかしイサーラ自身が、それを否定した。

「あうっ、んあぁ……クリシス様の絶対防御のスキルもなければ、命がいくつあっても足りませんでしたよ……あうっ、んあぁ……もちろん、ベネノ様のスキルもです……あうっ、んんっ♥」

「ええ、そうですわね。あんんあぁ……結局、この三人の誰かが欠けても、勝てなかったことでしょう……あうっ、ふあぁぁんっ♥」

「そうだな。ほんとに三人には感謝してるさ。その印に、また目一杯、イかせてやるからな……はむっ！」

「ひゅあぁぁっ!? あうっ、ひぃぃぃんっ♥ そんないっぱい舌を入れちゃ……んくっ、んはぁぁっ♥」

「きゃあんんっ♥ やうっ、くうぅんっ♥ カダル様っ、そこを摘んではダメですぅ……んんあぁっ♥」

「ふなあぁっ!? あうっ、んあぁぁっ♥ カダルっの指がっ、弱いとこグリグリしてっ、気持ちよすぎですのぉぉっ♥」

膣内の弱いスポットをこすり、膨らむクリトリスを指で転がし、熱く火照った膣口を舌先で広げながら、愛液をすする。

「はあっ、はうっ、くうううぅんっ♥ ああっ、もう無理ですっ、あぁぁっ♥ とぶっ、とぶっ、とんじゃっ、うううぅぅぅんっ♥」

イサーラが大きく背中をそらし――。

「ふゆうぅんっ!? んあっ、これもうっ、凄いのきちゃうっ♥ ふあっ、ああっ、真っ白にっ、なりゅうううううぅぅぅぅっ♥」

クリシスが膣内と一緒に全身を震わせ――。

「イックうぅっ! ふあっ、ああっ、イクイクッ、んはあぁっ♥ 大きな絶頂でぇっ、イきゅううううぅぅぅっ♥」

ベネノが気持ち良さそうに叫んだ。

「んんっ、んはあぁ……さ、三人分の快感がなだれ込んできてぇ……今までにないくらいイきましたぁ……♥」

「あんぅ、んはあぁ……頭の中ぁっ、ばーんってバクハツしちゃうくらい、気持ちよくなっちゃったぁ……んんっ、んはあぁ……♥」

「んはあぁ……も、もう……とんでもない快感でしたわぁ……はあぁ……♥」

あっという間に、三人は俺の愛撫で絶頂した。

そして、もちろんこれだけで終わるはずがない。

「はあぁっ、はあぁ……カダル様ぁ……んんっ、はうぅ……」

すでに薄っすらと汗をかいた艶めかしい肌で、イサーラが尻を突き上げてくる。

「あふっ、んんあぁ……お兄ちゃん、来てぇ……♥」

クリシスがそう言いながら、誘うようにお尻を振った。

もちろん、ベネノもアピールをしてくる。

「んあぁ……グチョグチョのわたくしのオマンコにぃ……カダルのおちんぽ、挿れてくださいましぃ♥」

そう言って、自らの手でくぱぁと割れ目を広げてみせる。

濡れたその蜜壺が、ヒクヒクといやらしく震えている。

「ああ……たまらないな」

共有しているからなのか、性欲も3倍になっているのかも知れない。

並んだ美しい肌色と、充血して濡れる秘部が、肉竿を待ち望んでいた。

「それじゃ、順にいくぞ……イサーラっ！」

「んはあぁっ♥　はいっ、ありがとうございますぅ……んあぁっ♥　んはっ、ひゃあぁんっ♥」

かなり熱くなっているイサーラの膣内を、激しくかき回す。

「んくっ、んあぁっ！　はうっ、んあぁっ♥　とってもたくましいカダル様のものでっ、ぐちゃぐちゃにされてぇ……いぃぃ～～っ♥」

「くっ……次はクリシスっ！」

「ふえっ!?　んはああぁっ♥　ああっ、お兄ちゃんの太いおちんちんっ、来たっ、きたああぁっ♥」

クリシスの張りつくような膣壁を、無理矢理に開けて激しく扱く。

「んあっ、はぐぅ……くうぅんっ♥　わたしのオマンコ……お兄ちゃんのおちんちんの形に、広がっちゃってるうぅっ♥」

「うっ……ベネノにもっ！」

「きゃううぅんっ♥　ふあっ、んはあああぁっ♥　もうそんな深いところまでぇ……あっ、あぁぁっ♥」

濡れまくったベネノの膣内を、水音を立てながら激しく突きまくる。

「はあっ、ああぁんっ♥　ああぁ……止まりませんわぁ……エッチなお汁がっ、噴き出しちゃうくらいっ、気持ちいいぃっ♥」

「ん……いい具合だな。そら、イサーラっ！」

「ふぁああぁんっ♥　ああっ、また凄い反り返りでっ、擦れるううぅっ♥　んくっ、ふあっ、はあぁっ♥」

そうして、それぞれの膣内でしばらく腰を振りまくってから、順番に挿入していくことを繰り返した。

それでも感覚共有のおかげで、三人には切れ目なく、抽送されているように感じているだろう。

「あっ、ああっ、カダル様の熱いものがっ……すごいとこまで届いちゃって、中身がめくれちゃいますぅっ♥　んんっ、ふあああぁっ♥」

イサーラは相変わらず膣圧がすごく、締めつけられるとかなり効く。

「んっ、んあぁっ♥　はあっ、あああっ♥　ガチガチのおちんぽぉ……わたしの中をっ、いっぱいゴリゴリ削っちゃううっ♥　んやあぁんっ♥」

クリシスの狭くてピッタリとハマる膣壁は、何度味わっても腰が引けるほど気持ちいい。

「ひゃうっ、んあぁっ♥　んえっ!?　やんぅ……わたくしのオマンコっ、溶けてなくなってしまいそうですのぉ……あっ、ああぁっ♥」

ビショビショになって濡れまくるベネノは、突き出すたびに愛液が弾けて、俺の股間まで濡れてくる。

三人の膣内は三人とも違って、とてもいい。

ぐにゅっ！

「ふなあぁんっ!?　んえぇっ!?　もしかして私の子宮にっ……ふにゅっ、ぅなあぁぁんっ♥」

むにゅっ！

「きゃひいぃぃんっ♥　ふあっ、あああぁっ♥　わたしの行き止まりにもっ、おちんぽ届いてるぅっ♥」

ぎゅむっ！

「んきゅううぅんっ!?　ああっ、カダルの熱い先っぽがぁ……こつんってつ、ノックしちゃってますのぉっ♥　ああぁっ♥」

「おお……三人同時に、来たみたいだな」

三人とも、子宮口が亀頭を熱烈に歓迎してきた。

「んくっ、んはあぁっ♥　ああっ……んんっ♥　そんなところを突かれたらっ、すぐにまたイってしまいますぅ……ああぁっ♥」

「あんっ、ひゃあぁんっ♥　すっごい奥に、グングン当たってぇ……こじ開けられちゃいそうだよぉ……あぁぁっ♥」

「はうっ、んはあぁんっ♥　ああっ、これっ、これですのぉ……ああっ♥　わたくしのすべてをっ、カダルが犯していく感じ……とっても気持ちっ、いいいいぃっ♥」

「ははっ。皆、それぞれできあがってきたな」

俺はさらに下半身に力を漲らせ、彼女たちの一番深い部分へ、亀頭と共に快楽を届ける。

「んはあぁっ♥　また大きくなったぁ……んあぁっ♥　はっ、はあっ、私また、イきますっ、イクッうううううぅっ♥」

「ひうっ、んはあぁんっ♥　あっ、あぁぁんっ♥　気持ちよくてっ、身体が浮き上がっていっちゃうぅ……んくうううぅっ♥」

「ああっ、ダメぇ……んくっ、んはあぁっ♥　またとぶっ、とぶとぶっ、んはあああぁぁぁぁっ♥」

激しい子宮口へのピストンで、三人はまた軽く達したようだ。

ただ、それは俺にも快感が跳ね返ってきて、我慢ができなくなってくる。

「ぐっ!?　くぅ～～……そろそろ、限界だ」

「んくっ、んあぁっ♥　はあっ、はあぁ……でしたら、そこに欲しいですぅ……んっ、んあぁっ♥こじ開けようとする子宮にっ、今すぐ子種をほしいですぅっ♥」

「あっ、あぁぁんっ♥　赤ちゃん作ってぇ……んっ、んあぁっ♥　わたしの大事な場所にぃ……お兄ちゃんのせーえきっ、いっぱいちょうだいぃっ♥」

「ああっ、わたくしも孕ませてほしいのですわ……ああんっ♥　はあっ、はんあぁ……しっかり種付けしてくださいまし……ああぁっ♥」

三人は同じように、俺におねだりしてくる。

最近、特に子供をねだってくるようになったかもしれない。

まあ、もうそろそろ授かってもいい頃だろうと、俺も思っていた。

「くっ……それじゃ、きちんと子宮を開けて、受けとるんだぞっ！」

そう言って最後に向け、全力で彼女たちの膣内をかき回した。

「はあっ、んはあぁぁっ♥　ああっ、いいぃ……カダル様ぁっ、くださいぃ……あうっ、んあああぁっ♥」

「んんっ、はああぁんっ♥　わたしも準備できてるよっ……ああぁっ♥　お兄ちゃんの赤ちゃんっ、産ませてぇっ♥」

「んあっ、あっ、はうううんっ♥　ああぁ……受け止めますわぁ……カダルのすべてをわたくしのオマンコでぇ……ああっ、んはあぁっ♥」

「くぅっ！　いくぞっ！」

ドックンッ！　ドププッ、ビュルルルルッ！

「んきゅううぅっ♥　ふあっ、ああっ、カダル様あああぁっ♥」

ものすごい膣圧のイサーラの奥で射精し――。

ビュクッ、ビュクッ！　ビュプルルッ、ビューーッ！

「ふにゅっ!?　くうぅぅんっ♥　ああっ、あっついのっ、きたあああぁぁぁぁっ♥」

ピッタリ張りつくクリシスの子宮口に当てながら、溜めていたものを放ち——。

ビューーッ！　ビュクルッ、ビューーッ！　ドピュルルルッ！

「ふぁあああぁっ♥　い、イきながらまたっ、射精でもっ、とびゅううううぅぅぅぅっ♥」

吸いついて放さないベネノの膣奥で、思いっきり出す。

「んくっ、んはあぁ……あぁぁ……頭の中がぁ、真っ白ですぅ……んんっ、んはぁ……♥」

「んんっ、お兄ちゃぁん……んあっ、はあぁ……さいこぉーー♥　んくっ、ふあぁぁ……♥」

「はあっ、はふっ、んあぁ……イきすぎてぇ、息ができませんでしたわぁ……。はあっ、んふぅぅ……♥」

そうして三人それぞれへ、俺のありったけの精液を流し込んだ。

「ふはあぁ……カダル様の子種……私の中に染み渡っていきますぅ……」

「あんぅ……お兄ちゃんにまたぁ……お腹いっぱい、もらっちゃったぁっ♥」

「んはあぁ……元気な精液で、満たされてますわ……これ絶対、孕んでますの……間違いないですわ」

「あ、それはなんとなく私も思いました……んあぁ……奥のほうで、キュンとなって、かっと熱くなる感じですよねぇ……あんぅ……」

「わたしもそれ来たーっ♪　んんっ、んはあぁ……三人一緒にあかちゃんできたらいいねぇ……んんっ、あんぅ……♥」

「ははっ、さすがにそれはないだろうけどな。まあ、そうだったらいいけどな」

未だに信じられないが、継承争いが終わってからは、今までの日々が嘘のように、平和な日々が続いている。

これでさらに子供もできれば、俺の地位は安泰だろう。

まあそれまで、この美女たちに囲まれた、幸せなハーレムライフを送っていこうじゃないか。

三人の満足気な顔を見ながら、そう思うのだった。

あとがき

みなさま、ごきげんよう。愛内なのです。

まだまだ世の中は大変な状況です。楽しいお話を考えるのは幸せなことだと実感しています！

今回は、タイトルだけだとちょっと殺伐としそうな設定ですが、もちろんイチャラブ大ありな、メイドさんとのサクセスなお話です。

のんびり暮らせれば、それでいい。皇子でありながら、そう考えていた主人公ですが、周囲の緊張が高まるにつれ、そうも言っていられなくなってしまいます。

大事なメイドに手を出されては、我慢の限界です。ずっと隠していた能力で、権力欲に満ちたライバル達に反撃を開始します。


彼を支えるヒロインは三人。

ずっと使えてくれている、優秀なメイドのイサーラ。

忠誠度マックス。愛情マックスな彼女は、もっとも頼れる味方です。幼馴染みでもあり、お姉さんポジションなイサーラは、そのスキルも主人公専用なのでした。

二人目は、幼いころから見知った少女、クリシス。

継承順位だけなら、主人公よりも上位です。しかしそれはスキルの有用さゆえなので、本人は王位には興味がなく、主人公にも昔から懐いています。

三人目は、継承争いにも積極的なお嬢様、ベネノ。

高い能力から自信家でもありますが、スキルの特殊さを利用され、主人公に従うことに。ずっと緊張していたせいか、彼の側に自分の居場所を見つけるのでした。

王家の争いごとですから、並大抵ではありません。そんななか、いかに勝利し、いかにハーレムを楽しむか！　主人公カダルの活躍をお楽しみください。メイドさん、がんばります！

挿絵の「一〇〇円ロッカー」さん。今回も、ご協力、本当にありがとうございます！　いつもファンタジーから、学園モノまで、たくさん描いていただいて幸せです。ますますヒロインがパワーアップしていて、企画もガンバらねばと思っております。またぜひ、機会がありましたら、よろしくお願いいたします！

それでは読者の皆様、次回も、もっとエッチにがんばりますので、別作品でまたお会いいたしましょう。

バイバイ！

二〇二一年五月　愛内なの

キングノベルス

ダメスキルが覚醒した皇子、王位争いで大逆転!?

2021年 6月28日 初版第1刷 発行

■著　　者　　愛内なの
■イラスト　　100円ロッカー

発行人：久保田裕
発行元：株式会社パラダイム
〒166-0004
東京都杉並区阿佐谷南1-36-4
三幸ビル4A
TEL 03-5306-6921
印刷所：中央精版印刷株式会社

KN090

〝パーティーをクビになったけど〟
最強スキル『爆速レベルアップ』で
成り上がり無双！
俺に湧き出た新たなスキル！
勝利一瞬!!
ハーレム永遠♥
赤川ミカミ
Mikami Akagawa
illust:218
グロムはそれなりに優秀な錬金術士だったが、仲間からは無用扱いされていた。パーティーをぬけ、商売に徹することにした途端、新たなスキルで急成長を遂げる。理解者だった女商人や、優しい女神官、貴族の令嬢たちの美女に囲また新生活は、一転して大成功で!?

KiNG novels
第七王子、政略結婚しまくってたらハーレムできました！
聖女・ケモミミ・お姫様
賢妻×3ともなれば！ハーレムだけで国が富む♥
赤川ミカミ
Mikami Akagawa
illust: 黄ばんだごはん
クレインは第七王子として、権力闘争とは無縁の暮らしを楽しんできた。しかし、王族として唯一逃れられない使命として、政略結婚の話がついに持ち上がる。神王国がもてあます美貌の「聖女」を妻に迎えるが、獣人族の娘や帝国の姫までを娶ることになり、離宮は愛妻たちとのハーレムとなって！?

KiNG novels
ブラックギルドを
追放された神級魔法使い、
奴隷に愛され大逆転！
さらば無能のブラック組織！
俺のハーレムは
無償の愛でデキてます♥
クロートの魔法は、武具に様々な効果を付与するエンチャントだ。地味だが重要な仕事に没頭してきたことで、いつの間にか他人には真似できない応用が広がっていた。職場を不当解雇されてからは、自由を楽むハーレムな日常が始まって！?
赤川ミカミ
Mikami Akagawa
illust: ひなづか涼

KiNG
novels